たった一人の男

水原とほる

JN267586

幻冬舎ルチル文庫

CONTENTS ✦目次✦

たった一人の男

✦イラスト・金ひかる

✦カバーデザイン＝吉野知栄(Coco.Design)
✦ブックデザイン＝まるか工房

たった一人の男

第一章　〈現在の二人について〉

　毎朝の通勤はけっして遅いほうではない。だが、暁生《あきお》が八時前にオフィスに着くと、すでに数名のアナリストがヘッドホンをセットしてデスクに向かっている。モーニングミーティングのための情報収集とコメントの準備をしている真っ最中だった。

　世界のマーケットは刻々とその動きを変動させている。ここにいるアナリストたちは単なる株屋というわけではない。彼らはファンドマネージャーとしての働きを荷《にな》っていて、お飾りのアナリストは一人もいない。資産運用で成果を上げなければ、評価を得られないシステムの中で働いている連中なのだ。当然ながら激務だが、それだけに高い報酬を得られる。

　情報処理会社「シロテック情報システム」は、都内の中心地にある高層ビルのワンフロアに三年前からオフィスを構えている。純然たる日本の企業でありながら、徹底した能力主義で運営をしている企業だ。率いているのは暁生の直属のボスである城山基弘《しろやまもとひろ》である。

　長身で細身の体型にぴったり仕立てたスーツを着こなしているが、堅苦しさを感じさせないのはやや長めに整えて後ろに流している髪型のせいだろう。以前の会社に勤務している頃《ころ》は、もう少し短く刈っていたし、シャツやネクタイの選び方も保守的だった。今は企業のトップとしての貫禄も出てきたが、同時に遊び心もそのスタイルに出ている。

その基弘だが、今朝はひどく不機嫌な様子で給湯室のコーヒーメーカーの前に立っていた。紙ナプキンで挟んだペストリーを頬張《ほおば》りながら、もう片方の手でコーヒーの入ったマグカップを持っている。見慣れた彼の朝食風景ではあるが、その表情からして機嫌のいい朝ではないようだ。

「コーヒーはやめておいたほうがよくないですか？　ハーブティーならすぐに用意しますが、どうしてもコーヒーが飲みたいならミルクだけでも入れるように」

東の窓から朝日が差し込む給湯室に入ると、暁生がそう声をかける。基弘はチラリと視線をこちらに向けたかと思うと、案の定ひどく不満そうな表情で吐き捨てる。

「出たな、シロテックの小姑《こじゅうと》」

「誰《だれ》が小姑ですか」

「口うるさいのは事実だろ。言っておくが、ペストリーにはブラックコーヒーと決まっている」

ペストリーのアイシングがついた指先を嘗《な》める基弘を見て、暁生は小さく肩を竦《すく》めてから溜息《ためいき》を漏《も》らす。上司である基弘のことは何もかも知っている。文字どおり、「何もかも」だ。つまり、彼のプライベートについてもすべてわかっているということ。だから、こういう顔をしているときの理由も容易に想像ができる。

「昨夜は彼女とデートだったんでしょう。もしかして喧嘩《けんか》でもしましたか？　それとも、セックスがうまくいかなかったとか？　疲れていてできそうにないなら、そういうときの対処法も教えておいたはずですけど」

「そうじゃない。彼女とはちゃんとやったし、満足もさせた。何も問題ないね」

「だったら、その眉間《みけん》の皺《しわ》はなんですか？」

基弘が答えようとしないので、暁生が勝手に自らの推測を語る。

「ああ、なるほど。言わなくてもけっこうです。どうせもう少し関係を進めたいとか言われたんでしょう？　それで、なんて答えたんです？　気の利《き》いた返事ができずに彼女が不機嫌になってしまったとか？」

口元を軽く持ち上げて笑みとともに目で問えば、基弘がなんとも複雑な表情になる。そうではないとごまかしたい気持ちと同時に、ごまかしたところで無駄だと思っているのが見て取れる。どうしようか迷ったあげく子どものようにそっぽを向くと、コーヒーを持って給湯室を出ていった。これ以上の会話はしないという意思表示だ。

（まぁ、いい。今は逃がしてあげますよ）

心の中でそう呟《つぶや》いた暁生もまたコーヒーをマグカップにそそぎ、さっさと自分の席へと向かった。基弘の不機嫌の理由など取るに足らない。想像するに、この三ヶ月あまりつき合っている加納奈々子《かのうななこ》という女性から結婚話を持ち出されたのだろう。たとえ「結婚」というキーワードをあからさまに口にしなくても、女がそれを意識したときの態度や言葉はすぐにわかる。基弘にしてみればそんなことはまったく考えていなくて、面倒なことになったと思っているのだ。

体の相性は悪くない。なので、その話題をそらしたまま関係を続けるべきか、それとも切れどきかを考えている最中なのだ。そういう曖昧《あいまい》な面倒を抱えているとき、暁生に見透かされたように言われると往々にして不機嫌になる。

基弘自身も最初にその意思がないと釘《くぎ》を刺しておかなかった己の迂闊《うかつ》さを反省しているので、そこを非難されるのを嫌って逃げただけのこと。

秘書である暁生のブースは、ガラスのパーテーションで仕切られたモダンな社長室のすぐ横にある。ペストリーを食べ終えた彼が不機嫌そうにコーヒーを飲みながら、ガラス越しにチラリをこちらに視線を向ける。給湯室から逃げ出したことを気にしているからだ。そのくせ暁生と視線が合うと、手のひらをこちらに向けて立てる。それは「こっちを見るな」という意味。暁生に表情を読まれたくないのだ。そして、その手をまるで犬でも追い払うかのように軽く振ってみせる。

(まったく、子どもですか……)

呆《あき》れたように肩を竦めてデスクに座り、パソコンに向かってまずは夜のうちに入っているメールを確認する。基弘が上機嫌だろうが不機嫌だろうが、今日もスケジュールはきっちりこなしてもらう。

情報処理会社「シロテック情報システム」は、城山商事の百パーセント子会社の関連企業である。ちなみに、親会社の城山商事は国内で一部上場している商社の中でも五本の指に入ると言われている大企業だ。

シロテックの社長である城山基弘は三十六歳のときに城山商事の出資によってこの会社を立ち上げて独立。現在は三十九歳になる。専属として抱えているアナリストは七名、事務関連の従業員を合わせて三十名足らずの小さな所帯とはいえ、この三年の実績に対する評価は業界内でけっして低くはない。

また、従業員のうち独立の際に城山商事から引き抜いてきた人材は五名いるが、暁生もまたその一人である。ただし、城山商事にいた頃はエネルギー開発グループの海外営業部署にいたが、「シロテック情報システム」に転職してからは一貫して社長秘書として勤めている。ただし、暁生は秘書であっても、ただの秘書ではない。少なくとも自分はそう思っているし、基弘もそのつもりで暁生を使っている。理由は主に二つ。一つは暁生が城山基弘という人間を知り尽くしていること。

六年ばかりのつき合いとはいえ、彼のことは文字どおりなんでも知っている。少しばかり複雑な彼の出生や性格だけではない。食べ物の好みから女の趣味、ついでに男の趣味まで知っている。さらに言うなら、彼の肉体についても知っている。

なぜかと言われれば答えは簡単で、以前は体を重ねていたこともあったから。だが、今は公私の区別をきっちりつけている。基弘とはもう肉体関係はない。彼はボスで社長であり、自分は部下で秘書であって、それ以上でもそれ以下でもない。

そして、暁生が秘書として働いているもう一つの理由。それは暁生自身の資質の問題だ。単に自分がそういう業務に向いていて、さらには才能があるから。

周囲への気配りはもとから得意な人間とそうでない人間がいる。暁生は子どもの頃から利発だと言われていたが、同時に周囲の空気を読むことに長《た》けていた。本人にしてみれば特別なこととは思わずに、なんとなく周囲の顔色をうかがう癖がついていた。ただし、それもやりすぎると子どもらしさがないと言われるし、ただ奔放《ほんぽう》なだけではときに大人に鬱陶《うっとう》しがられる。そのあたりの加減にいち早く気づいていただけのことだ。

大人を馬鹿《ばか》にするつもりはなかった。暁生の両親は優しく理解がある人たちで、父親は厳しさもあったが母親はどんなときも暁生の味方になってくれた。ただし、大人というだけで彼らも万能なわけではなく、ときには判断を誤ることもあるのだろうとぼんやり理解していた。

ましてや両親ではない周囲の大人たちの中には、気分で子どもや自分より弱い者を叱《しか》ったり厳しくあたったりする人もいるのだと気がついて、自分はそういう彼らの気まぐれに振り回されるのはいやだと思った。それが始まりで、やがて学校に通うようになるとそこでの人間関係に揉《も》まれることにも注意を払うようになっていった。

まず小学校の頃から中学まで、暁生を悩ませたのは自分の容貌《ようぼう》だ。自惚《うぬぼ》れるつもりはない。正直に言うなら、自分でも嫌いな顔ではない。ただし、少々女性的な印象は大人になった今も変わらないように、子どもの頃はもっと母親に似て少女のように愛らしいと言われていた。

当然のようにクラスではからかわれることもあった。一歩間違えれば苛《いじ》めの対象になっていただろうし、そのまま引きこもりになって青春時代を過ごしていた可能性もある。だが、実際はそうならなかった。

というのも、きっと自分は容姿のことでからかわれたり、一部の男子生徒から嫌われたりするだろうと思い、前もってそれに対処するよう自分の立ち居振る舞いを考えていたのだ。しょせん子どもの知恵なのでたいしたことではない。クラスで声が大きく影響力のありそうな男子生徒とまずは仲良くなり、女子のことは眼中にないように無視をした。男子がいないところでは、女子にも親切にする。けれど、あくまでも素っ気無い態度は崩さない。

たったそれだけのことで男子から仲間外れにされることはなく、女子からもさりげなく好意を示されて、とりあえず面倒な人間関係を避けることができた。些細《ささい》なことだが、学校という閉鎖的な世界においてはそれだけのことが運命を左右するのだ。

そんな知恵を生まれ持っていた暁生だが、人気者になりたいとかもてたいという願望は強くなかった。ただ、面倒を避けたいという思いがあっただけ。高校に進学してからはそういう縛りからも解放され、容貌に関しても好意的に評価されるようになって、女の子との関係も自由になった。ただし、問題は女の子と関係を持ってみたものの、あまり楽しくなかったということだ。

（それについては、ろくな思い出はないけどね……）

デスクでコーヒーを飲みながらメールチェックをしていると、どうでもいい自分の遠い過去が思い出される。とっくに忘れていたはずのことが脳裏に浮かんでしまうのは、基弘の不機嫌に自分の感情がシンクロしているのではないかと思える。

そこまで一心同体になっているのか定かではないが、それを否定できないのが現在の基弘と暁生の関係だった。彼の成功は自分の成功であり、二人が目指しているのは同じ高みと未来なのだ。

暁生はもはや子どもの頃のように、生まれ持った資質によって自分を守るだけではない。対人関係の構築の巧みさや洞察力の鋭さなど、己の能力を最大限に活《い》かして才能ある人間をサポートしてやることができる。

クラスの人気者になることに興味がなかったように、社会人になった今も自らがトップになる野望はない。それよりも、仕事において誰かの最高で無二のパートナーになることが望ましい。暁生の力を必要としている人間を徹底的にサポートして、望む地位へと駆け上がっていく姿を背後から見ているのが最高におもしろい。もちろん、その人物は自分が認めただけの器の人間でなければならない。

というわけで、究極のナンバーツーになることが目的である「石川暁生《いしかわ》」という人間がやっている仕事は、単なる秘書ではない。自分が見込んだ「城山基弘」という男が彼の望む地位を手に入れるため、徹底的にマネージングとプロデュースをしていくこと。

メールチェックをしながら目の端ではガラス越しの部屋で同じようにデスクに向かっている基弘の動きを確認している。メールの文字を追いながらなので基弘の表情までは見ていないが、彼の右肩が少し上がった状態で軽く上下していた。

その瞬間、暁生はメールチェックから基弘のスケジュールへとモニターを切り替える。案の定、すぐに席を立った基弘が部屋を出て暁生のところへやってくる。

「予定変更ですか？」

先に問いかければ、基弘が不敵な笑みとともに暁生のデスクに片手をついて身を屈《かが》める。そして、耳元に唇を寄せて囁《ささや》くように言った。

「村野《むらの》ファンドと融資の合意ができた。これでほぼ準備が整った。そろそろ仕掛けるぞ」

それだけ言って暁生の耳元から体を離した基弘は、スケジュールのモニターを指差して明日の午後を空けろと指示を寄こす。

「弁護士は？」

「以前に何度か相談していた……」

「佐賀《さが》さんですか？」

思いついた人物の名を口にすると、基弘は右の口角だけを軽く持ち上げて笑みを浮かべる。

「そう。彼がいい。若いが使えそうだ」

「確かに切れ者のようですが、経験という意味ではどうでしょうか？」

「石橋を叩《たた》いてしか渡らないような人間は、俺たちの計画に必要ない」

基弘の言葉に、今度は暁生の眉《まゆ》がわずかに持ち上がる。それは微《かす》かな緊張と興奮のせいだが、基弘にもそれは悟らせない。

「彼がそういう人間でないという保証もありませんけどね」

「あの男は違うね。吊り橋は渡らないが、石橋なら叩かず走り抜けるタイプだ」

基弘は自信を持って言う。こういうときはほぼ直感で言っている。だが、その直感が大きく外れることはない。それが彼の持って生まれた才覚の一つなのだ。利口なだけの人間ならいくらでもいる。だが、それ以上の、人が持たない何かを持っているか否かがその人間のおもしろさと強さだと思っている。そういう意味で基弘は暁生にとって充分におもしろい。

「明日の午後にアポイントメントを取ります」

そろそろ大きな動きがあるだろうと思っていたから、そのつもりで準備は整えている。

暁生がデスクの電話の受話器を手に取ると、基弘は自分の部屋に戻っていく。このあとはアナリストとのミーティングに入るが、その前に目を通しておかなければならない報告書は山のようにある。基弘の集中力はずば抜けて素晴しいものがある。限られた時間内に必要な情報を頭に叩き込むことくらいどうということもない。

暁生も利発な子どもだと言われてきたが、基弘の知能指数が相当高いことは間違いない。高校生の頃からバイトや遊びに明け暮れていたようだが、地元の公立高校から国立大学にストレートで入っている。本人も学生時代から勉強らしい勉強はしたことがないという。

彼は暁生がこれまでの人生で出会った人間の中で最も知的であって、なおかつ総合的な人間力が高い。判断力、決断力、統率力、説得力、さまざまな力を兼ね備えているうえ、かなりの美貌の持ち主でもある。

もちろん容姿についてはそれぞれの好みがあるが、少なくとも暁生の目には彼の長身と一見細身だが筋力のある体軀《たいく》は美しく映っている。目鼻立ちの彫りの深さや意志の強そうな太い眉に、ときに険しさを含む目、厚い唇と大きめの口にも大いに色気を感じている。

そんな彼を徹底的にサポートしていく道を選んだのは、あくまでも暁生自身の選択であり、彼に懇願されたわけでもなければ、強《し》いられているわけでもない。だからこそ、さっき彼が「俺たちの計画」という言葉を口にしたとき、暁生の心が震えたのだ。

基弘はこの会社を立ち上げたときの目標を忘れていないし、その計画に微塵《みじん》のぶれもないと知らしめてくれた。それは暁生にとってあらためて気持ちを奮い立たせてくれる一言だった。

（そう。これは二人で始めた計画だ……）

暁生が心の中で呟き、弁護士の佐賀に電話を入れようとしたときだった。今度は廊下の向こうから眠そうな顔をした男がマグカップを片手に歩いてくる。基本的に事務職はスーツスタイルだが、アナリストたちはクライアントとのアポイントメントがなければ服装は自由だ。白シャツにカーディガン、カジュアルなパンツスタイルで暁生のそばまでやってきた杉原《すぎはら》もまた城山商事から引き抜かれてきた一人だ。以前は経理部に所属していた男だが、数学的センスと分析力の高さ、さらに雑学の深さについては突出するものがあり、今では「シロテック情報システム」のトップアナリストの一人だった。

「ねぇ、近頃の社長はどうも落ち着かなくない？」

杉原愁《しゅう》はつかみどころのない男だ。三十七歳になるが、特別若作りをしているわけでもないのに年齢を感じさせない。そればかりか、何に興味を持って、どんな生活をしているのか、プライベートをいっさい匂《にお》わせない男だった。洞察力に長けた暁生でさえ、彼という人間がよくわからない。つまりは、どのジャンルにも分類することができない奇妙な男だった。

「杉原さん、昨夜も徹夜ですか？　クライアントとのアポイントメントがないとしても、さすがにその無精ヒゲは剃《そ》ったほうがいいですよ。男前が台無しですからね」

彼がいるところで佐賀に電話をかけたくはないので、適当な会話で他の雑務をしていると、彼が苦笑とともに自分の鼻下と顎《あご》を撫《な》でる。どうやら剃るのを怠けているうちに、ヒゲのある自分も悪くないと思っているらしい。

基弘の凛々《りり》しい目鼻立ちと違い、妙に人好きのする顔だが、二人の共通点は彫りが深いところだ。なのでヒゲは似合っていないわけではないが、それも服装をきちんと整えてこその見栄えだろう。

「嬉《うれ》しいなぁ。社長のことだけじゃなくて、俺のこともちゃんと見ていてくれるんだな」

ヘラヘラと笑いながら杉原が言うので、素っ気無く言い返す。

「特に気にして見ているわけじゃありませんが、勝手に目に入るので言っているんですよ」

「やっぱり、石川くんは社長の専属かぁ」

「専属ではなく秘書です」

暁生がきっぱりと言った。杉原はもう少し言葉遊びをするつもりらしい。茶化すように聞き返してくる。

「本当にただの秘書なの？」

「いいえ、ただの秘書じゃないですね。わたしは石川暁生ですから」

「なるほどね。そうきたか。だったら、教えてよ。社長は何を企《たくら》んでいるの？」

暁生はパソコンのキーボードを叩いている手を止めて、わずかに椅子《いす》を回し杉原のほうを見て微笑《ほほえ》む。

「何か企んでいるとしても、それはシロテックをよい方向に進めていくことですよ。従業員を飢えさせるようなことはないので安心してください」

「だったらいいけど。石川くんは社長のためならなんでもするからな。俺なんか、いつもうまく言いくるめられちまう」

「疑っていいことがあると思うなら、どうぞ好きなだけ疑心暗鬼になっていてください」

ちょっと皮肉っぽい口調で言ってやると、杉原は軽く肩を竦めてから自分の席へと戻っていく。何を考えているのかわからないだけに油断のならない人間だ。もちろん、同じ企業で働いているのだから敵ではない。ただ、彼は城山商事時代からのつき合いというだけでなく、基弘と暁生の過去の個人的な関係についても知っている。

知られて困ることではないが、それをシロテックの代表である基弘のマイナス情報として吹聴《ふいちょう》するようなら面倒だ。彼の言うとおり、暁生は基弘のためならなんでもする。それは彼の成功は自分の成功でもあるからであって、プライベートの感情で動いているわけではない。

実際、いくら杉原に勘ぐられようと肉体関係は終わっているし、今は仕事以外で一緒に出かけることもない。それどころか、近頃では仕事のあとに一緒に一杯飲むということもない。ただ、その事実を杉原に向かって声を大にして言っても仕方のないことだし、彼の本当の関心ごとはあくまでも「シロテック情報システム」がどういう方向に向かうかであって、基弘と暁生のプライベートなどどうでもいいのだ。

だから、周囲にくだらない噂《うわさ》を吹聴するようなこともないし、基弘の不利になるような真《ま》似《ね》をして、自分の勤める会社を傾けることもない。たった一つ案じることがあるとすれば、引き抜きの話を持ちかけられていて、「シロテック情報システム」からなんらかの手土産を持っていこうとしている可能性だ。だが、今のところその気配はないし、暁生が把握している範囲では彼の背後には何もない。

（相変わらずよくわからない人だな……）

城山商事の頃からいろいろと不思議な男だったが、こうして規模の小さな会社で以前より距離が近くなってみればなおさらつかみどころがない。

そんな杉原をはじめ、激務をこなしているアナリストの中にはけっこう癖の強い人間が多い。能力主義で雇えばそういう人選になってしまうのも仕方がなかった。そんな連中をまとめて率いていけるのが、基弘のもう一つの突出した才覚なのだ。そして、そんな才能に恵まれた若きリーダーである基弘を支えるのが自分の役割だ。

暁生は杉原との会話で止めていた手をもう一度電話に伸ばす。直通番号を押して、二度のコール音で相手が出る。

『そろそろかかってくる頃だと思っていました』

弁護士の佐賀はいつもと変わらずやや低く落ち着いた口調で言う。急なアポイントメントを頼もうとしていた暁生にとっては、会話を進めやすくて助かる。明日の午後にぜひ話をしたいので時間を作ってもらいたいと告げると、佐賀は午後の二時以降ならこちらにくることが可能だという。

「では、二時にお待ちしております」

電話を切って朝一のミーティングに入るため部屋を出てきた基弘に伝えると、彼は女性問題などすっかり忘れたように自信に満ちた表情になっていた。切り替えの早さも彼の特技のようなものだ。

基弘がミーティングに入っている間、暁生は明日のアポイントメントのために必要な書類の準備に取りかかる。互いにやるべきことをやる。それが今の自分たちの間にある明確な関係だった。

◆◆

「城山がぜひ先生にご相談したいということで、急にお時間を作っていただき恐縮です。どうぞ、こちらへ」

アポイントメントの電話を入れた翌日、佐賀が時間どおりにシロテックのオフィスにやってきた。急なアポイントメントを取ったのはこちらだが、依頼主ということで打ち合わせや相談の際にはこれまでも佐賀のほうに足を運んでもらっていた。基弘が多忙なこともあるが、同時に佐賀はフットワークの軽い男で、「弁護士は足で働き、頭で稼ぐ」を信条にしているという。

大手弁護士事務所に所属で三十八歳という年齢は若いほうだ。他にも今回の案件について依頼する弁護士の候補はいたが、基弘はあえて彼を選んだ。彼のほうも難しい案件にもかかわらずこちらの依頼には乗り気で、下調べのためによく動いてくれていた。

この半年ばかり、今回の案件とは別件で、佐賀の知恵や力を借りたこともある。対応の早さや的確さは企業運営にとって大きな力となったのは事実だ。そして、当然のことながらそれだけの報酬は支払ってきた。

佐賀の渉外《しょうがい》弁護士としての力は疑っていない。経験については充分とは言えないかもしれないが、それでもポテンシャルを感じさせる男で、それが基弘の気に入っている点だということもわかっている。暁生も一応助言めいた言葉は口にしたものの、基弘が佐賀を選んだことは間違いではなかったと思っていた。

「いよいよ仕掛けるつもりですね？」

暁生が佐賀を会議へと案内する途中、後ろを歩いている彼が問いかけてくる。その堂々とした態度からシロテックに関する難しい案件について、自分が選ばれたことは当然という思いが感じられる。

「わたしのほうからはなんとも。とにかく先生に時間を作ってもらえるようにと言われただけですので、城山から直接聞いていただければよいと思いますよ」

顔だけでわずかに振り返って言うと、佐賀は微かに笑みを浮かべて頷《うなず》く。秘書の暁生の口が堅いことは承知のうえで水を向けているのだ。

彼がこのオフィスにやってくるのはこれで何度目だっただろう。さすがに暁生も回数までは覚えていないが、こういう会話は彼を会議室まで案内するときの一種のお約束だった。彼はシロテックに雇われているかぎりこの企業のために働くのは当然なのだが、同時に大手弁護士事務所の渉外弁護士として常にアンテナを高く張っている。

「城山社長が才能のある実業家であることは認めますが、わたしはかねてからそれも石川さんという存在があってこそだと思っているんですよ。そして、彼自身もそのことを充分理解している。お二人は、互いにうまく使いながら使われているといっては失礼かな。でも、そういう感じがするんですよね」

「わたしはただ城山の秘書としてできるかぎりのことはしているつもりですし、これからもそうするつもりです」

「そうでしょうね。だから、今回の計画については充分ご存じでしょうし、それどころかあなたの知恵もかなりあるのではないかと思っているんです」

もちろん、基弘の計画は誰よりも詳しく知っているが、弁護士との会話でそれを口にするつもりはない。自分にそんな権限はないと自覚しているからだ。

「秘書の分際で、経営について社長にものを言うほど分《ぶ》をわきまえていない人間ではないつもりです。それに、先生は少しばかりわたしを買い被っておいでではありませんか？」

涼しい顔で会議室の扉を開け、すぐ後ろにいる佐賀を中へと促す。すると、彼は苦笑を滲《にじ》ませた唇に長い自分の指で触れ、小さく首を横に振ってみせる。ごく自然だが、スタイリッシュな動きだ。

「思ったとおりの答えで、かえって安心しますね。城山社長はいい秘書を持っていると聞いていたが、この半年を通して見ているかぎり本当に見事な仕事ぶりだ」

「いろいろな企業で多くの秘書と接してきている先生にそう言ってもらえるのは、これ以上ない褒め言葉だと思います」

互いに探り合っているだけで、牙《きば》を剝《む》き合っている関係ではない。むしろこれからは結託して巨大な力に立ち向かわなければならないのだ。

「こちらで少々お待ちください。すぐにお飲み物をお持ちします。いつもどおりコーヒーにダブルクリームを少々、シュガー抜きでよろしいですか？」

「完璧ですね。ありがとうございます」

基弘の客で重要な人物のデータはすべて頭に入っている。それは敵情報を頭に叩き込むのと同じだけの量だ。そして、佐賀の場合はどちらに転ぶともわからない人間だから、より慎重にそのデータを収集していた。

給湯室に向かう前に基弘の部屋のガラスの扉をノックして、親指で会議室を指し示す。デスクに向かっていた彼は暁生の合図を見て、すぐに立ち上がりスーツの上着を羽織って部屋から出てくる。

「第一会議室です。今回の件を請け負う準備は万端のようです。それどころか自信満々といったところですね」

「それでいい。期待どおりでけっこうだ」

基弘はどこか楽しそうに言う。厳しい立場にいるときや難しい状況に飛び込んでいくときほど、この男は楽しそうに笑う。以前に本当に楽しんでいるのかと聞いたとき、彼は苦笑とともにそんなわけはないと言った。呼吸するのさえ苦しいほどの緊張感に包まれたとき、彼は思わず笑ってしまうのだという。今回もそういう心持ちでいるのだろうか。あるいは、もう少し余裕があるのかもしれない。

基弘のことはどんな小さなことでもわかっているつもりだが、心の奥の奥まではわかり得ない。ただ、今日の笑みはまだ余裕がある。大きな目的に向かって武者震いをしているというところだろう。

「すぐに飲み物を持っていきます」

「俺には必要ない。それより資料を持ってきてくれ」

それだけ言うと、基弘は会議室へと向かった。言われるまでもなく、資料は全部昨日のうちに揃《そろ》えてある。まずは給湯室で佐賀の飲み物の用意をして、それをワゴンに乗せる。ワゴンにはすでに必要な資料のファイルを積んである。それを押して会議室へ向かった。

「失礼します」

ワゴンを押して会議室に入ると、大きなテーブルを挟んで向き合っている基弘と佐賀が談笑をしている。二人の共通の話題といえばモータースポーツと車だ。

「ところで、城山社長は新しいGT４を購入の予定はないんですか？　かなり性能が高く、コストパフォーマンスもいいらしいですよ」

「もちろん予約はしていますよ。いろいろとトラブルがあったんで、納車が遅れるかもしれないと連絡がありましたけどね」

「知り合いのディーラーを紹介しましょうか？　便宜を図ってくれると思いますよ」

「いや、こちらでどうにかできると思う。これまでにニューモデルが出るたびに手に入れていますし、城山の名前で押さえられないなら他の手を使うだけですよ」

基弘の車好きは大学生の頃かららしい。とにかく速い車が好きでサーキットを走るライセンスも取得しているが、今は多忙で自らハンドルを握ることも自由ではない。また、プライベートで所有している車とバイクも車庫で眠っている状態だ。

なのに、さらに新しい一台を購入しようとしていることについて、暁生は文句を言うでもないが必要ないだろうとは思っている。ただ、男というのは何かしら「玩具《おもちゃ》」が必要なのだ。棒切れからアニメヒーローのフィギュアになり、それがバイクになって車になる。そういう意味では基弘は健全で、ごく普通の精神的成長をしてきた男と言えなくもない。

佐賀のプロセスに興味はないが、最終的に車という「玩具」にたどり着いたのはなんとなくわかる。高級車を得ることは、すなわち金と権力を得たという意味だ。そういう意味で、彼もまた高級車に興味を持っているのだろう。

そんな二人が車の話からひとしきりモータースポーツの話題で盛り上がったあと、まるでスイッチが切り替わったかのように基弘が今回の案件について切り出した。

「ところで、そろそろだと思っているんですよ。城山商事からシロテックを完全に独立させたい。それについて先生にあらためて意見をうかがいたくてね」

あまりにもストレートな切り込みに佐賀が一瞬言葉を呑《の》み込み、すぐに小さく口元に笑みを浮かべてみせる。もちろん、相談の内容は予測して訪ねてきている佐賀だが、あまりにも話題の切り替えが素早すぎて少々面喰《めんく》らったというところだろうか。

基弘という男は頭の中のスイッチを見事に切り替えることができる。それは何年も彼のそばにいる暁生でさえ、瞬時についていけず驚かされることがたびたびあるくらいだ。もちろん、その驚きを表情に出すようでは論外だ。佐賀もまた基弘が見込んだだけの男で、すぐさま彼の中のスイッチも切り替えてきた。

「ＭＢＯ（マネージメント・バイ・アウト）ですね。ただし、会社そのものはすでに独立しているので、今回は経営権だけの問題になります。その案件について、わたしに正式に依頼をしていただけるということでいいんでしょうか？」

曲者《くせもの》具合でいえば二人ともいい勝負だけに、互いにはっきりと確認しておかなければならないことがある。佐賀に対して基弘が不敵な笑みとともに頷いてからさらにたずねる。

「そのつもりでご足労願いました。で、勝算はどうだろう？　勝てると思いますか？」

「正直なところ厳しいでしょうね。こちらのメリットと比較して、先方が得るメリットは多くない」

「正直すぎるな。もう少し言葉を選んでもらいたいですね」

基弘は思わず苦笑を漏らす。佐賀はこちらが雇っている人間だ。また年齢も近いこともあり、基弘の口調はかなり砕けている。だが、軽口めいた会話の中にも互いの表情には信頼関係を築こうする意思がある。

暁生は黙って佐賀の前にコーヒーのカップを置き、ワゴンから取り出したいくつものファイルを基弘の前に積んだ。

「他に必要なものがあれば内線で連絡をしてください」

基弘にそれだけ言って暁生は会議室から出ていく。彼らの会話をそばで聞いている必要はない。なぜなら、これは城山商事からこの「シロテック情報システム」を立ち上げたときからの計画で、基弘が筋書きを考え、暁生が常にサポートして二人で進めてきたことだから。基弘は城山商事から資金提供を受けて、情報部門として「シロテック情報システム」を三年前に独立させた。現在も請け負っている仕事の半分は城山商事からのものだ。だが、年々確実に実績を積み上げてきて、五十パーセントの外注を得るまでの企業となった。

この先の二人の目的はただ一つ。「シロテック情報システム」の完全な独立経営だ。経営権を城山商事から譲渡してもらい、後ろ盾を取り除いた状態で経営することでさらなる事業の拡張をしていくのが狙《ねら》いだ。

基弘が暁生らを連れて城山商事を独立させた当初は厳しい局面もあったし、無謀で強引な独立を外部から非難されることもあった。そのたびに悔しい思いもしたし、ときには打ちのめされそうになったが基弘は挫《くじ》けなかった。彼が諦《あきら》めないかぎり暁生が投げ出す理由もなかった。そして、二人が築き上げてきたこの会社は次の段階に進もうとしているのだ。

基弘の中で当初の計画は微塵のぶれもなく、着々とその方向に向かっている。だから、佐賀との話し合いは基弘に任せておけばいい。何かが必要となれば、彼が口にするまでもなく暁生がそれを整えてやればいいだけのこと。

席に戻ってから暁生は基弘の部屋に行き、彼のデスクの上に今日中に目を通してもらいたい書類を積み上げる。それから、今夜の予定を見て接待のために予約している店に電話を入れて、料理に関する確認をしておく。

今夜の接待の相手は、シロテックが城山商事から独立するときに陰ながら助力してくれた政界の人物だ。現与党議員で閣僚経験もある谷脇《たにわき》は、城山商事の現社長で基弘の父親である城山隆弘《たかひろ》との親交も深い。だが、彼は個人的に基弘の才覚を高く評価していて、何かと目をかけてくれているのだ。

接待といっても定期的なご機嫌うかがいのようなものだが、政治家との繋《つな》がりは新興企業のシロテックにとっても重要で、こういう人間関係は大切にしておかなければならない。

予約している料亭の女将《おかみ》にいつも世話になっている礼を言い、あらためて料理や酒についても頼んでおく。

「谷脇先生はご存じのように舌が肥えてらっしゃいますので、何か珍しいものでもあれば喜ばれるはずです」

『そろそろ季節が始まっていますので、ふぐの白子焼きはきっとお気に召していただけると思いますよ。あとは旬のアカムツを煮付けに。他にも地元のお野菜でいいのが入っていますので……』

女将は板長から聞いている献立を丁寧《ていねい》に教えてくれる。どれも季節感のある凝った料理だった。

「素晴しいですね。きっと谷脇先生も喜ばれるでしょう。それから、酒はいつもどおりF県の地酒を用意しておいてください」

『それも何種類か用意しておりますので、どうぞご安心ください』

谷脇はかなりのグルメなので店選びも難しい。料理で機嫌を損ねられては困るし、出身地の地酒もかかせない。使い慣れた料亭なので心配はないと思うが、こういう細かい電話連絡をしてお願いしておくことで店のほうもよりしっかりと対応してくれる。

そこまでしなくてもいいと思う者もいるし、実際ここまでやっている秘書は多くないだろう。やるべきことをやっていて万一手配に不備があったとしても、基弘はそんなことで暁生を非難したり叱責《しっせき》したりすることはないとわかっている。ただそんなことになったとき、暁生自身が納得できないからやっているだけのこと。それが自分の仕事のやり方で、基弘に対する姿勢なのだ。

(そういえば、彼女とうまくいってなかったな……)

料亭への電話を切ってから、今朝の基弘の不機嫌さを思い出して少し考える。今つき合っている加納奈々子という女性は某テレビ局の報道部にいる。表舞台に顔を出す仕事ではなくプロデューサー志望で、才能のある知的なスレンダー美人はまさに基弘の好みのタイプだ。

彼女のことは気に入っていたはず。ただし、結婚までは考えていない。少なくとも、今のところその気はないということだ。そもそも、つき合って三ヶ月で「結婚」という言葉を口にするような女性とは思っていなかったから関係を持ったのだろう。

基弘も彼女も多忙なだけに気晴らしも必要だ。ただし、セックスさえできれば誰でもいいというわけではない。性欲だけを満たせばいいという年齢ではないから、ある程度大人の会話ができて一緒にいて疲れない相手がいい。そして、当然のことながら口は堅くなくては困る。

そういう意味では彼らは互いにとって理想的な恋人だ。独立心と上昇志向の強い女性なので、仕事さえ順調なら彼女から結婚話が出ることもなかったはず。だが、彼女は何かをきっかけに女性としての幸せを夢見てしまったようだ。

いずれにしても、一度結婚話がでたからといってすぐにつき合いをやめることもない。あるいは基弘も彼女となら家庭を持ってもいいと思うなら、その方向で話を進めることもあり得るだろう。問題は当の基弘がどう考えているかということ。

暁生にとってものごとを考えるときの中心は常に基弘だ。そういう意味では杉原の言葉は正しい。基弘が必要なら、暁生は犯罪以外のことならなんでもするだろう。だから、次に基弘が彼女と会うときのため、何か適当な手立てを講じておこうと考えた。

（とにかく、彼女が仕事に対してやりがいを思い出してくれればいいということだな……）

気の利いた高価なプレゼントや、名の知れた店での食事などではいまいち効果は期待できない。こういうときは、月並みでも週末に小旅行をして気晴らしするのがいい。

暁生自身も経験しているが、仕事で行き詰ったときはできるだけ自然の中へ出かけるようにしている。普段からビルの中にいて無機質なものに囲まれて生活していると、深い自然の中にいるだけで心が癒《いや》される。同時に、そこに浸っているとまた無機質な世界に戻りたくなってしまうのは、都会で生きている人間の悲しい性《さが》なのかもしれない。

だが、そうやってやる気を取り戻しては仕事に打ち込むという経験は、暁生にかぎらず基弘もそうなのだ。彼の場合サーキットで車を飛ばすこともあれば、一人で山や海へ出かけて気晴らしすることはよくある。

彼女を連れていくなら城山商事との関係で利用できる会員制リゾートホテルがあるから、そこの部屋を取ることはできる。基弘のほうから彼女の予定を確認してもらい、二人にその気があるなら手配してやればいいだろう。

とりあえず暁生がそのホテルの空き室状況を確認していると、内線の呼び出しがあった。パソコンのモニターのツールバーで時間を確認すると、基弘と佐賀が会議室に入って一時間が過ぎていた。電話に出ると話が終わったというので、暁生は席を立ってもう一度会議室に向かう。

ノックして中に入ると二人はまた車の話で盛り上がっている。どちらの表情からも一応の満足感が見て取れた。話し合いはいい内容で合意できたようだ。

「今日はこれで失礼しますが、また近いうちに今後の交渉の進め方について打ち合わせさせてもらいます。お忙しいとは思いますが、お時間を作っていただけるようお願いします」

「こちらこそ面倒をかけますが今後ともよろしく」

佐賀の丁重な挨拶《あいさつ》に基弘も余裕の笑みで答え、しっかりと握手を交わしたあと暁生に向かって言う。

「佐賀先生がお帰りだ。お見送りを頼む」

こちらが雇用しているが、暁生に見送りを頼むということはそれなりの扱いをしているということだ。佐賀も基弘の懐刀に見送られるのは悪い気はしないだろう。持ち上げておくのは、これからしっかり働いてもらうというプレッシャーでもあるのだが、佐賀はそんなことで萎縮《いしゅく》するような男ではない。

「石川さん、コーヒーとてもおいしかったです。ダブルクリームの量も絶妙でした。わたしも城山社長のように、いつもあなたにコーヒーを淹《い》れてもらいたいくらいですよ」

暁生が先を歩き、きたときと同じように少し後ろについている佐賀が廊下を歩きながら言う。暁生が足を止めて振り返り適当な受け答えをしようとしたときだった。

（え……っ？）

思ったよりすぐそばにいた佐賀に少し驚き、彼の手がいきなり肩にかかって一瞬だが息を呑んだ。もちろん佐賀には気づかれない程度の動揺だ。だが、内心は穏やかではなかった。

というのも、佐賀の手がしっかり暁生の肩をつかんでいるのを感じていたから。そのとき廊下を行き交う者はいなかったが、誰かが見かけたとしても極めて自然な感じの接触だ。ただし、肩にかかった手は離れることのないまま彼の顔が暁生の顔に近づいてきて、意味深長な笑みを浮かべたとき大いに違和感を覚えた。

違和感というより、このときの態度で彼についてあることをはっきり確信した。と同時に、自分が思いがけず油断をしていたことに気がついた。

（そういうことか……）

同じ性的指向の持ち主はほぼわかるはずなのに、何度か顔を合わせていた佐賀がそうだとは気づかなかった。けれど、それは暁生のカンが鈍ったわけではないと思う。おそらく、佐賀は暁生さえ気づかないほど完璧にそのことを隠していたのだ。

たまにそういう器用な芸当をなんなくやれる人間がいる。いまどきゲイであることを隠す必要もないというオープンな考え方の人間もいる。だが、彼がそうではないのは、暁生にそれを悟らせなかったことでもわかる。

佐賀は社会的地位を重要視するタイプだし、なおかつ野心もある。それらを穏やかさと自然体でうまくカムフラージュしていることはわかっていたが、さらなる秘密があるとは思わなかった。

（まいったな。どうやら想像以上の曲者だったらしい……）

そんな彼がこのタイミングで自ら被っていた仮面を外したかと思うと、暁生に問いかける。

「ところで、社長は今夜谷脇先生の接待だと言っていました。石川さんのご予定は？　残業やデートの予定がなければ一緒に食事でもどうですか？」

暁生の前で仮面を外した途端、彼は大胆になった。

「いきなりですか？」

苦笑交じりにたずねるが、臆しているわけではない。彼の本当の目的を探らずに答えることはできないだけだ。だが、佐賀はもはや何を隠すこともないとばかり、開き直ったように言う。

「いきなりに思われるかもしれませんが、以前から機会があればあなたと誘いたいと思っていました」

「本気ですか？」

「もちろん。この際はっきりお伝えしておきますが、わたしは仕事に関しては社長と組みたいと思っていますが、プライベートではあなたと組みたい。それがわたしの本音です。誓ってこれ以上の裏はありません」

まるでアメリカの法廷で証人がバイブルに手を置いて誓うときのように、手のひらを上げて言った。つまり、彼の興味は暁生にあって、今夜の予定を聞いているのはそういう誘いということだ。

受けるか否かは暁生次第。このとき暁生の頭の中はマクロ操作の設定が施されたデータがクリック一つで膨大な計算をするときのように、ものすごい勢いでありとあらゆるケースをシミュレーションしていた。

佐賀は今後のＭＢＯ交渉において重要な役割を果たす人間だ。頭は切れるし、基弘も信頼している。さらに、人として男としての魅力を考えたとき、けっしてつまらない人間ではない。基弘と対等にやり合うだけの力を持っていて、なおかつ容貌も充分に都会的で洗練されている。キャリアも経済力もむしろ上等な部類に入るだろう。

これまで意識したことはなかったが、彼がゲイだというのなら恋愛対象として歯牙《しが》にもかけないという存在ではない。学生時代は水泳をやっていたと聞いたことがあるが、長身であるだけでなくたくましさでは基弘以上だろう。

（この体に抱かれたらどんな感じだろう……）

ふとそんな肉体の欲望が脳裏を過《よ》ぎった。白昼の職場で、淫《みだ》らな妄想《もうそう》に心が揺れる。この会社を立ち上げると決めてから基弘との肉体関係を絶って、以来ずっと独り身の状態だ。もともとバイセクシュアルである基弘は適当に女性と遊んで気晴らしをしているが、暁生のほうはそういう同性の相手を持たないままだ。

これは強がりでもなんでもなく、その気になれば相手は見つけられた。一夜かぎりの名前も教えないような関係で欲望を吐き出していたこともある。だが、近頃はそういう遊びさえどうでもよくなっていた。三十三歳という年齢で涸《か》れたとは言わないが、仕事に夢中になっていくほどに私生活での充実がないがしろになっていったところはある。だからこそ、いきなりの魅力的な男からの誘いには少しばかり心が疼《うず》いた。

「どうでしょう？　もちろん今夜は食事だけだと約束します。こう見えて紳士なのでね」

　暁生の返事を待ちながら佐賀が言うので、思わず笑みが漏れてしまった。どこから見ても「紳士」なばかりか、彼くらいの男ならもっと強引に迫ってきてもよさそうなものだが、ずいぶんと控えめな口説き方なのがおかしかったのだ。

「それとも、社長の許可がなければデートも許されていないとか？」

　途端に暁生の笑みも引っ込んだ。控えめな口説き文句のあとには、しっかりとエッジの利いた一言を口にする。

「ご冗談を。誤解があっては城山の名誉に関わりますので言っておきますが、プライベートはいっさい関係ありません」

「そうみたいですね。社長は某テレビ局の美人とおつき合いしているそうだし」

　芸能人ではないので基弘と加納奈々子とのつき合いは世間では騒がれているわけではない。ただし、業界内では知る人は知る話だ。

　暁生は食事の誘いに答えないまま、佐賀を促して先を歩く。エレベーターホールで下りのボタンに手をかけたとき、佐賀の手が素早く伸びてきて暁生の手に重なった。

「返事ももらえないんですか？　興味がないなら、そう言ってもらえればきっぱり諦めますよ」

　そのとき廊下の向こうから人がやってくる気配がして、暁生は彼につかまれている手をそっと引き抜いた。そして、さりげなくビジネスの話題のように返事をする。

「その件につきまして、早急に確認してメールを入れるようにします。今日はわざわざご足労をいただきありがとうございました」

下りのエレベーターがやってきて、そこで佐賀に会釈をして見送る。ちょうどそのとき背後を通っていったのはアナリストの一人で、休憩室から自分のデスクへ戻る途中だった。片手に持っているタブレットを見つめたままで、こちらを気にしている様子は見られない。

佐賀もそれを暁生の返事だと了解してくれたようで、エレベーターのドアが閉まるまで笑顔で片手を軽く振っていた。エレベーターのランプが階下へと移動していくのを眺めながら、胸の前で腕を組み考える。

（さて、どうしたものかな……）

メールの返事をするのもしないのもありだ。それで佐賀が仕事に関して手を抜くことはないはず。暁生は自分のデスクに戻る途中、アナリストの杉原のデスクの横を通り、彼の何か聞きたげな視線を軽く無視する。その足で基弘の部屋に行くと、窓辺に立って目の前に建ち並ぶビルを眺めていた彼がくるりとこちらに向き直り、不敵な笑みを浮かべてみせる。

「勝算は五分五分だそうだ。どうする？　まだついてくるか？」

基弘の言葉に暁生は小さく肩を竦めてみせる。

「今になって逃げ出すくらいなら、最初からついてきていませんよ」

「そう言うだろうと思っていたけどな」

「何か疑うようなことでもありましたか？」

だとすれば心外だと暁生が視線で訴えると、基弘はそんなことはないと首を振ってみせる。

「信じているさ。おまえ以上に俺を理解している人間はこの世にいない。それだけは確かで、それが俺にとっての支えであり、最大の武器だからな」

そういう言葉に心が擽《くすぐ》られる。自分でもどうしようもないと思うが、基弘に頼られるとき暁生は全身が震えるほどに嬉しいし楽しいのだ。

「今夜の谷脇先生との会食は七時です。遅れないように。それから加納さんのことですが、彼女の時間が取れるようなら週末に小旅行などどうです？　城山の保有する会員制ホテルなら、車で飛ばして二時間ほどです。自然の中で気晴らしをすれば彼女もまた仕事に打ち込む気持ちになれるんじゃないですか。よければ部屋を取っておきますよ」

「悪くないな。彼女に聞いてみる」

今朝と違って基弘はすっかり上機嫌だ。こういう彼の顔を見て、つき合っている女に嫉妬《しっと》することなどもはやなかったが、今日はなぜが心の奥に小さな棘《とげ》が刺さるような感覚があった。

「何かプレゼントでも用意しておいたほうがいいかな？」

「やりすぎは駄目ですよ。今回は一泊して気晴らしをしてくれれば充分じゃないですか」

甘やかして増長されても厄介だし、過剰な投資は下心や情報のもみ消しを疑われてしまう。本気で結婚を考えているならともかく、恋人というならこの先の破局も考えてつき合っていたときの証拠はできるだけ残さないのが得策だ。あとでどんなふうにネタにされるかわかったものではないからだ。

暁生はあくまでも冷静にいつもどおりのアドバイスをしたにすぎないが、今朝と違って気持ちが高揚しているのか、基弘はつまらなそうにそっぽを向いた。

「ずいぶん冷めた態度じゃないか。今朝の小姑呼ばわりが気に障ったか?」

「まさか。彼女との関係がうまくいくように願っているからこそ、アドバイスしているんです。結婚を望んでいるというなら、もちろんそれなりのアドバイスもできますよ」

暁生が自分の感情を完全に殺して笑顔で言うと、基弘はご機嫌だった口元をへの字に曲げる。何か不満でもとばかり暁生が視線で問えば、基弘もまた視線でこちらを探ってくる。

「なんですか?　言いたいことがあればはっきりとどうぞ」

基弘と暁生の関係で探り合いなど無用だ。基弘が小さく肩を竦めてから、さっき帰っていった佐賀を暗示するようにエレベーターホールのほうへ視線をやった。

「おまえに気があるみたいだな」

それを基弘に指摘されるとは思わなかった。

「もしかして見ていたんですか?」

見送りを頼んでおきながら、二人の様子をどこかから見ていたとしたら人が悪い。だが、そうじゃないと基弘は否定する。それどころかもっと核心的な言葉を口にした。

「雑談していたら、おまえの話題が出た」

「べつに不自然ではないでしょう？」

「恋人の存在を確認していたぞ。そういう興味があるからだろう。彼はゲイだしな」

このとき、一瞬だけ眉を吊《つ》り上げた。どうして基弘は彼がゲイだと気づいたのだろう。あれほど完璧に自分の性的指向を隠していた佐賀なのに、基弘のカンのほうが鋭かったということだろうか。しかし、それも違うとあっさり否定された。

「佐賀さんは俺には隠していなかった」

「そうなんですか？」

頷く基弘を見て、いささか複雑な心境になる。基弘にはばらしておきながら、暁生には隠していた佐賀の態度も腑《ふ》に落ちないが、佐賀からそれを聞かされていて暁生に何も話さなかった基弘の態度も気に喰わない。そういうふうにカヤの外にされるのは不本意なのだ。

「で、見ていたってのはどういう意味だ？　やっぱり帰り際に口説いていったか？」

基弘にしてみればカマをかけたわけではないだろうが、暁生が語るに落ちた状態になり自分自身の間抜けさに内心舌打ちをしていた。

「だったら、どうだっていうんです？」

「ああいうタイプもいけるクチか？」

「大きなお世話です。それより、大きな交渉が待っているんです。せいぜい目の前の仕事に励んでください。それから女性関係についても少し慎重に。結婚するにしても別れるにしても、よけいなスキャンダルはなしにしてくださいね」

「俺の身の回りがきれいなことはおまえが一番よく知っているだろう？　二股《ふたまた》もしていなければ、恨まれるような別れ方をした相手もいない。ついでに男とも遊んでいない」

「けっこうです。その調子で節度を持って仕事に励んでください」

それだけ言うと自分のデスクに戻るため部屋を出ようとした。すると、暁生の背中に向かって基弘が言う。

「おい、週末の旅行だが、部屋を取っておいてくれ」

「彼女に確認しなくていいんですか？」

「俺が誘えばくるよ。特に今の彼女はね」

自信に満ちた態度はいつものことだ。おそらく基弘の言うとおりだろう。仕事で悩んで沈みがちな彼女なら、基弘との小旅行は大喜びで都合をつけてやってくるはず。あるいは、プロポーズくらい期待しているかもしれない。

「了解しました。土曜日一泊で抑えておきます」

今度こそ部屋を出てすぐ横の自分のデスクに戻ると、メールでさっき確認した空室を予約する。それからしばらく考えて、もう一本メールを打つ。

『八時以降ならおつき合いできます』

決まりきった挨拶文と今日の打ち合わせの礼のあと、一行だけ私文を付け加えたメールは佐賀宛《あて》のものだった。

◆◆

「すぐにメールがもらえるとは思っていませんでした。開くまではてっきり丁重な断わりのメールだと思っていました」

その夜、佐賀と一緒に食事をしたのは彼の行きつけだというモダンスパニッシュのレストラン。イタリアンとフレンチのテイストを盛り込んだ料理は、気取りすぎずカジュアルすぎずほどよく舌に馴染《なじ》む。ワインはスペインのものを中心にかなりの数を揃えていて、料理に合うものを勧められてまずは白ワインのハーフボトルを開けていた。

「なかなかいい店ですね」

「気に入ってもらえてなによりです。でも、心から楽しんでもらえていないようだ。まだ何か気になることでもありますか？　この際、なんでも話して距離を縮めることができれば、わたしとしては嬉しいんですが」

食事とワインを楽しんでいるのは間違いないが、彼の誘いを受けたことがよかったのかどうか、暁生自身よくわかっていないのだ。ただ、基弘の週末の旅行の手配をした途端、ふと佐賀に連絡を入れてみようと思った。彼の行動に対して自分の感情が奇妙に連動してしまうことがある。普段は理性でコントロールできることが、ふとした瞬間にタガが外れてしまう。これはあまりいい傾向ではないと思っている。

「少しばかり疑問なのは、どうして同類だということを隠していたのかということですね」

「仕事には必要のないことだからですよ。あなたは仕事とプライベートをきっちり分けるタイプだと思ったので、少しばかり慎重に接していたのは事実です」

「でも、城山には隠していなかったそうですね」

「彼も公私混同はしないし、仕事にはシビアな人間だ。ただ、彼にはそういう意味で興味はないので、雑談ついでに気軽にお話ししたまでです。というわけで、仕事では彼と組みたいが、プライベートではあなたがいい。それが本音で、言葉どおり何も裏はありません」

彼の言葉は明快だった。つまり、ゲイであっても基弘は佐賀にとって恋愛の対象外なので隠すこともせず、暁生にはよけいな警戒心を抱《いだ》かれないよう秘密にしていたということだ。

確かに、初対面から彼がそうだとわかっていて、自分に気のあるような態度を示していたら、もう少し身構えていたかもしれない。

今回のMBOを進めるにあたってどの弁護士を専属として雇うかについても、佐賀の気持ちを知っていれば暁生から基弘に違う進言をした可能性はある。だが、佐賀は基弘から正式に依頼を受け、仕事を取り逃がすことはなくなったので晴れて暁生を口説いているというわけだ。

「こうして食事の誘いを受けてもらえたということは、脈があると思っていいんですよね？」

それにはまだ頷けない暁生が、ワインで喉《のど》を潤《うるお》してから言う。

「食事の誘いを受けたのは、今後のことも含めて少し話をうかがっておいたほうがいいと思ったからです」

キノコのコンソメジュレのあとこの季節らしい新鮮な牡蠣《かき》のあぶり焼きが出て、佐賀が自らボトルを手にして白ワインを暁生のグラスにそそいでくれる。

「わたしとしては、二人きりで会えただけでも今夜は大いに満足しています。ですから、どんな話でもおつき合いしますよ」

弁護士相手に言葉の駆け引きは、いくら暁生のカンやレスポンスがよくても不利だ。なので、単刀直入に自分のスタンスを告げ、たずねたいことははっきりたずねることにした。

「城山の秘書として、また『シロテック情報システム』の一員として、今回の案件を引き受けてくれたことには感謝しています。それで、実際のところ勝算は……」

「社長には五分五分だとお伝えしました」

それは暁生も聞いている。聞きたいのはそれ以上のことだ。

「それでも引き受けるということは、何か特別な考えがあるのかどうかをうかがいたい」

「そんなものがあれば、社長にすでに伝えていますよ」

もっともな答えだ。だったら、なぜ引き受けたのか今一度問いたかった。勝算が五分五分というのは、彼らの世界では厳しい案件ということになるだろう。負ければ自らのキャリアにマイナスを負うことになる。それでも引き受けたことに私情はないと言いきれるのだろうか。

だが、それを言葉にしてたずねるのはいささか驕《おご》っているようで憚《はばか》られる。適当な言葉を探していると、佐賀が暁生の胸の内を読んだように苦笑を浮かべてみせる。

「心配しないでください。いくらあなたがわたしにとって魅力的でも、無理な条件の仕事を引き受けてまで気を引こうなどとは考えません。戦えると思ったから引き受けたまでのことです。社長も他の弁護士ではなく最終的にはわたしを選んだ。それは任せられると考えたからじゃないですか？　我々の方向性は一致している。問題はないはずですよ」

佐賀はワインを飲みながら淡々と語る。おそらく彼の言うとおり、暁生の存在が今回の案件に関してなんらかの影響を及ぼしたわけではないだろう。

基弘は佐賀の弁護士としての能力を認めて選んだのだ。頭が切れるのは当然ながら、彼には任せておけばすべてはうまくいくのではないかと思わせてくれる独特の落ち着きがある。彼を選んだことは間違いではないと暁生も思っている。

だからこそ、そんな彼に何か腹の中に抱えるものはないか、確かめずにはいられない。暁生は基弘の秘書として、彼とシロテックになんらかのマイナスになる要因は取り除かなければならないのだ。それは基弘の夢を潰《つぶ》すだけでなく、自分自身の夢をも邪魔する存在になるから。暁生が運ばれてきた皿を前に考え込んでいるのを見て、佐賀はいきなり話題を変えて質問をしてきた。

「ところで、シロテックでは雇っているアナリストに何を求めていますか？　アナリストに最も重要なものはなんだと考えていますか？」

「統計と数値と、それ以外にも不確定要因を含めての情報収集力とそれらを分析する力でしょうね」

暁生は間髪容《い》れずに答える。

「渉外弁護士の場合は、法律の理解力とそれをどれだけ巧みに使えるかが重要です。そのため必要なデータや関連情報をかき集めて戦うわけです。けれど、カンやセンスを無視してセオリーどおりにやれば必ず成功するというわけではない。最終的に判断するのは人間だ。逆らえない市場経済の法則があるのと同時に、机上の論理だけでは経済は読みきれない。同じように世の中も人間も、ときには統計や分析とはかけ離れた動きをすることがあるんです」

「確かに、そうですね」

基弘と暁生が数人の人間を引き抜いて独立したのは、城山商事にとってもビジネスケースとしてもまさに予測からかけ離れた行動だったはず。だから、経済も世の中もそんなふうに動くことがあるのは事実だと誰よりも知っている。暁生の相槌《あいづち》に佐賀は牡蠣をすくったフォークを片手にさらに続ける。

「だから、社長はわたしに案件を依頼し、わたしはそれを引き受けた。勝算の高い仕事ではなくても、負けるつもりで戦う者はいない。知恵比べと駆け引きの勝負なら勝機はあります。そして、戦いは厳しく難しいほど勝ったときの喜びは大きく、当然ながら得るものも大きい。わたしは吊り橋を好んで渡る人間ではないですが、石橋を叩いてばかりの人間でもないということです」

話し終えた佐賀がフォークですくった牡蠣を口に運んでゆっくりと味わい飲み下すのを見て、暁生は基弘の読みが間違っていなかったことを確信した。彼は吊り橋は渡らないが、石橋なら駆け抜ける男だと言っていた。慎重でいて大胆。そういう男は嫌いではなかった。なぜなら、それは基弘にも通じるものだから。

「これからは長いおつき合いになるかもしれません。城山の希望はわたしの夢でもあります。佐賀先生にお願いしたことは間違いではないと思っています。どうかよろしくお願いします」

だが、問題は他にもある。これから仕事のつき合いが本格的に始まるとなると、暁生のスタンスとしては公私混同するわけにはいかない。当然ながら、佐賀と恋愛関係になることもポリシーに反することになる。

牡蠣の皿が下げられ、ウェイターがメインはサーロインに季節の野菜を添えたものだと説明にきたので、佐賀がそれに合う赤ワインを注文する。そして、新しいグラスとハーフボトルが用意される間に、暁生が彼の好意に応《こた》えるのは難しいことを説明した。だが、佐賀はそれについてもちゃんと考えていたようだ。

「単純に好みのタイプでないと言われたら引き下がらざるを得ません。潔く諦めます。ですが、仕事のおつき合いがあるからプライベートは無理だというなら、わたしに説得のチャンスをもらいたい」

あくまでもビジネスを優先させる暁生の慎重な態度に、佐賀も真剣な表情になったのがわかった。そのタイミングでウェイターがワインを運んできて、二人の前にフルボディの赤のそそがれたグラスが並ぶ。佐賀はグラスを手にすると、もう片方の手で自分のネクタイの結び目を軽く握ってプレーンノットの位置を整える。

昼間オフィスにきたときは濃紺にグリーン系のレジメンタルタイだった。今は深いパープル地にアーガイル模様のネクタイに変わっている。スーツはシンプルなデザインだが生地がいいのが一目でわかる。洋服にそれなりに金をかけるところも基弘と似ているかもしれない。

腕時計や靴もスーツに釣り合うだけのものを身につけている。困っている人のために半ばボランティアのように働く弁護士はりっぱだと思う。だが、自分を安く見せないことは、彼のような渉外弁護士には重要なことなのだ。そんな彼に暁生はその夜初めて頰を緩め、自然な笑みを浮かべて呟いた。

「参りましたね」

「何か困らせていますか？」

心配そうに問いかける佐賀に、暁生は首を軽く横に振ってみせる。

「そうではないんです。わたしも佐賀さんが充分に魅力的だということは認めます。ただ……」

彼が案件を引き受けたことに関して、正直に腹を割ってくれたことはわかったので、暁生も食事に応じたかぎり正直になるべきだと思った。佐賀はゲイであると同時に、暁生から見てその容貌が魅力的なのは事実だ。なおかつ価値観や美的感覚が比較的近いことも感じられるだけに不安な部分もある。

「ただ、なんでしょう？」

問いかける佐賀に向かって、暁生はグラスを片手に小さく肩を竦めてみせた。

「豪腕弁護士に説得されたら、とても勝ち目はなさそうだと思っただけです」

すると、佐賀もまた柔らかく微笑んだ。完全に仕事のことを忘れ、男と男のプライベートな空気が二人の間に流れるのを感じた。それは暁生にとっては久しぶりに感じる癒される感覚でもあった。

やがてメインの皿が運ばれてきたので、込み入った会話は置いておいて料理を楽しむことにした。サーロインステーキは肉もいいが、ガーリックとオリーブとレモンの味付けがシンプルでいて絶妙だった。添えられた野菜の一つ一つも丁寧に調理されていて、味のバラエティを存分に楽しめた。

やがて食事を終えて、デザートとコーヒーを前にして佐賀がさりげなくさっきの話の続きを持ち出した。

「わたしは今年で三十八になりました。四十を前にして、次につき合う人ができたら一生のパートナーとして考えたいと思っています。シロテックの案件はこれから本格的な交渉に入るとして、数ヶ月で決着がつくでしょう。また、揉めるようなら数年はかかるかもしれない。だが、そのときはこちらも仕切り直しを迫られるので、かならずしもわたしが担当しているとはかぎらない」

城山商事からの独立も基弘が決断して、半年後の独立だった。今度もそれを目安に動いているのは事実だ。

「数ヵ月後にこの案件を片付けていれば、とりあえずわたしは担当弁護士の仕事を終える。そうすれば、あなたとつき合っていたとしてもそれは公私混同ではない。そこで提案です。この案件の結果が出るまで、お互いを知る期間にしてみるのはどうですか？　そして、この案件が片付いたあかつきにお互いが望むなら、そのときは正式にパートナーとなればいい」

極めて理にかなった話だった。欲望や願望だけで夢中になれる年齢ではない。それでなくてもゲイという社会的にはマイノリティの存在なのだ。将来設計は慎重にならざるを得ない。佐賀の言葉はとても現実味があって、なおかつ誠実なものだとわかる。

コーヒーを飲み終えて、時刻はすでに十時半を回るところだった。

その夜は佐賀の奢りで、一緒に乗ったタクシーで都内の自宅マンションまで送ってもらった。マンションの前でタクシーを待たせ、暁生をエントランスのところまで送ってくれた佐賀はじっと目を見つめて言う。

「今度は週末に誘いますよ。そうすれば、もう少しゆっくり一緒に過ごすことができるでしょうから」

要するに、次はそういう関係を期待しているということだ。子どもではないのだから当然のことだが、言葉も態度も紳士的だから強く拒むこともできない。それが佐賀の計算なのかもしれないが、ここまでスマートにやられたらお手上げだった。

佐賀が乗ったタクシーがマンションの前を去って、エレベーターで自分の部屋のある五階に上がっていく途中、暁生は思わず大きな溜息を漏らした。

携帯電話を取り出して、基弘に短いメールを入れておく。帰宅したらシャワーを浴びてさっさと眠るようにという一文。年末はクリスマスや新年など株価が乱高下《らんこうげ》する要素が多々ある。明日は早朝ミーティングから参加してもらう予定だから、七時にはオフィスに入っていてもらわなければならない。

谷脇との接待は長引いて深酒になることが多いので、一応釘を刺しておくのはいつものことだ。そして、暁生自身も基弘と同じように七時には出勤していなければならない。

朝には強いほうだから問題はないけれど、今夜は眠れるだろうか。仕事のことで眠れず寝不足のまま出勤することは珍しくもないが、今回はそういうことではない。

(プライベートでこんなことは久しくなかったからな……)

浮かれているような気もする。でも、何かが心にわだかまっている。なんだか自分が自分でよくわからない。エレベーター内の壁にもたれたまま、こんな気持ちは子どもの頃以来かもしれないと思った。

曖昧で少し不安で、言葉にするのが難しい気持ち。あれはまだ中学生で、クラスの女の子からラブレターをもらったときのこと。暁生にはすでに同じクラスで気になる男子生徒の存在があった。それがどういう感情なのか自分でもわからなかったけれど、女の子からもらったラブレターの文面を読んでハッとしたのだ。

『暁生くんのことが好きです。手を繋いで帰りたいです。学校が休みの日にはデートもしたいです。そばにいたらすごくドキドキします』

文章はひどく稚拙だったが、それはそのまま自分がクラスメイトの男子生徒に抱いている感情だと思い、暁生は自分自身の性的指向をはっきりと認識した。

他の人とは違うとはっきり意識したことに不安はあった。それは、誰にも言えない秘密を抱えて生きていかなければならない不安だ。けれど、同時に解放感もあった。心の中にあるモヤモヤとした感情に怯《おび》え、苛立《いらだ》つこともないという開き直りにも似た思いだった。

城山商事から独立してからの三年、意図的に禁欲的になっていたとは思わない。ただ、基弘との関係を絶っただけのことだ。仕事を重視するなら、そうするしかなかったからだ。そんな中、佐賀からの誘いは思いがけなかったものの、心がときめいていないとは言えない。

（どうしたらいいんだろう……）

エレベーターが五階について、廊下に出た暁生は整えていた自分の髪を片手でくしゃくしゃとかき回す。自分の心がどこにあるのかわからなくて、こんな気持ちになる夜はひどく落ち着かなかった。


「何時に帰宅したのか知りませんが、さっさとシャワーを浴びて眠ったんでしょうね」

完全に寝不足の顔で出勤してきた基弘に言うと、彼は目を閉じたまま黙って頷く。コーヒーの入ったマグカップをデスクに置くと、椅子の背もたれにあずけていた体を起こして首をグルグルと回す。深酒をしたときはベッドに倒れ込むなり爆睡するので、よく首を寝違えたり筋肉痛になったりするのだ。

暁生は溜息を一つ漏らしながら彼の椅子の背後に回ると、首筋をそっと撫でてから腕をつかんでゆっくりと持ち上げてやる。寝違えたときは脇《わき》の筋を伸ばしてやるのがいい。無理に首を揉んだりしたらよけいに痛みが増すこともあるのだ。左右の腕を交代に持ち上げて少し後ろに引っ張ってやると、基弘は小さく呻《うめ》きながら背中を伸ばしている。

「今朝の予定はわかっていたくせに、なんでこんなに深酒したんですか？」

谷脇は酒豪だが基弘も弱いわけではない。ただ、彼につき合ってとことん飲めば翌日に残ることくらいわかっているのだから、上手に加減してもらわないと困る。

「そういうおまえこそ、昨日の夜はどこで何をしていたんだ？」

気持ちよさそうにマッサージを受けていた基弘が暁生にたずねたので、少し怪訝《けげん》な表情になってしまう。暁生のプライベートについてそんなふうに問われることは久しくなかった。

「なんでそんなことを聞くんです？」

「電話があった」

誰からと問いかけて、すぐに佐賀が基弘にかけたのだとわかった。

「例の件で確認したいことがあると夕方に佐賀さんから電話があって、今夜おまえと食事をする約束だと自慢げに言っていたぞ。口説かれたその夜に食事か？」

どこか非難めいた口調に内心ムッとした。プライベートについてとやかく言われる覚えはないし、誰と食事をしようと暁生の勝手だ。

「今回のMBOに関して、少しでも意見を聞いておきたかったんです。食事の場では何か本音が出るかもしれませんからね」

「仕事熱心でけっこうだ」

今度は皮肉っぽい口調に聞こえて、暁生はマッサージの手を止めてデスクの前に回る。

「言いたいことがあるならはっきり言ってもらえませんか？」

「べつに。言葉どおりだ。プライベートで誰と食事をしようとおまえの勝手だしな」

そう言うと椅子から立ち上がり、背もたれにかけてあったスーツの上着を着た。そして、マグカップのコーヒーを一口飲んでミーティングルームへ向かおうとする。

「ちょっと待ってくださいっ」

暁生が呼び止めると、基弘は不機嫌そうに振り返る。まるで暁生に申し開きでもあるなら聞いてやるといわんばかりの態度だ。そこで暁生はデスクの上のタブレットを差し出す。

「忘れ物です」

ミーティングのときに、送られてきた資料を確認するのに必ず必要になるものだ。寝不足でも不機嫌でも仕事はきちんとやってもらう。基弘はミーティングの必需品を忘れた気まずさをふて腐れた表情でごまかして、引《ひ》っ手繰《たく》るようにタブレットを持っていく。

「それから……」

「まだ何かあるのか？」

叱られた生徒が教師の前から一刻も早く立ち去ろうとするかのように、体は部屋の外に向いていて顔だけで振り返る。暁生は黙ってそんな基弘のそばまで行くと、彼のネクタイのわずかな歪《ゆが》みを丁寧に直してやってからスーツの肩の埃《ほこり》を払うような仕草をして、笑顔でミーティングルームへどうぞとばかり送り出してやる。基弘は黙って出ていったが、その表情からは彼の舌打ちが聞こえてきそうだった。

（まったく、何が言いたいんだ。自分はプライベートで好き勝手やっているくせに……）

基弘がいなくなった部屋でデスク回りを片付けながらふと手を止める。さっきの会話の最中に気になったことがある。佐賀が基弘に電話をしていたということだ。

例の案件のことで基弘に電話をして、たまたま会話の流れで暁生との食事の件を口にしたのかもしれない。べつに不自然ではないが、なんとなく釈然としない。だが、それ以上に納得できないのは基弘のさっきの態度だ。

よしんば佐賀がわざと電話をしてきて暁生との関係を匂わせたとしても、基弘がとやかく言える立場ではないはずだ。それは彼が誰よりもわかっているくせに、なんでいまさらあんな態度を取るのかが腑に落ちないし、気に入らない。

どうも近頃の基弘は何かに苛立っているように思える。城山商事とのＭＢＯの件で気が立

っているのかもしれないが、そんな器の小さい男ではないはずだ。いっそ結婚でもすれば精神的にも落ち着いて、今以上に仕事に打ち込めるようになるのだろうか。プライベートで身の回りの世話をしてくれる人間がいれば、今朝みたいに寝不足でもネクタイを曲げたまま出勤してくることもないだろう。

その相手として今一番に考えられるのは加納奈々子だが、彼女が基弘に相応《ふさわ》しいかどうかについてはいささか疑問だ。今は仕事がうまくいっていないのか結婚に心が傾いているようだが、彼女のような野心のあるタイプはおとなしく家庭におさまっているのは難しいだろう。いずれはまた外に出てやりがいのある仕事を見つけ、自力で生きていく道を選ぶような気がする。そういう女性だから魅力的なのはわかるし、基弘も彼女の才能を好ましく思っているのは事実だが、結婚について二の足を踏んでいるのもおそらくその点だと思う。

とりあえず、明後日の土曜日からは一泊の小旅行に出かけるよう手配している。そこで二人が機嫌よく過ごして、それぞれの仕事に前向きになってくれればいい。奈々子のほうはともかく、基弘にはこれから城山商事との交渉という大きな仕事が待っている。できれば精神的にも落ち着いて、充実した状態で取り組んでもらいたい。

デスク回りを整えて部屋を出ようとしたとき、胸ポケットに入れていた携帯電話が鳴った。メールの着信音だ。モニターを確認すると佐賀からだった。

『昨夜は楽しかったです。週末に時間が取れればドライブでもどうだろう？　昨夜の件でいい返事をもらえることを期待しているよ』

口説いている最中だからというわけではないだろう。佐賀という男は元来マメなタイプだと思う。これまで仕事でのつき合いしか見てこなかったが、それはなんとなく察するものがある。いわゆる釣った魚に餌《えさ》をやらないタイプとは違い、つき合いが長くなっても細やかな気配りをしてくれると思うのだ。

（ああいう人と一緒だと楽かもしれないな……）

昨日の食事も楽しかった。スマートで知的で会話も弾んだ。容姿も悪くない。問題は仕事絡みのつき合いになる点だが、それも彼の言うように今回の案件がうまくまとまればそれまでのこと。その後、彼がシロテックの専属になる可能性はゼロではないが、彼に選択の権利もあるわけで、暁生との関係を考えて判断することはできる。

それでなくても大手弁護士事務所に所属している彼にとって、シロテックの仕事より報酬がよく大きな案件はいくらでも舞い込んでくるはずだ。そうなれば、仕事での縁は切れてプライベートでのつき合いを続けることは可能だ。

もし今度の交渉がうまくいけば、シロテックは城山商事から完全に独立して経営していくことになる。これまで以上に仕事での負担や苦労は増えていくだろう。もちろん覚悟のうえとはいえ、できれば心穏やかに癒される時間があればいいと思う。そして、そんなときにそばにいるのが佐賀というのは悪くないかもしれない。

基弘がさっきまで座っていた社長の椅子に座って背もたれに体をあずけ、片手に持った携帯電話をぼんやり眺める。そのとき、もう一度メールの着信音が鳴って、佐賀だと思って見ると基弘だった。

『週末の旅行のとき、やっぱり彼女に何かプレゼントしたい。適当に見繕ってくれ』

ミーティングの最中に何をやっているんだと思ったが、「了解」の返事だけ送っておく。奈々子とつき合いを続けるつもりならそれでいい。結婚する気ならそれもいい。ただし、こっちもプライベートは好きにやらせてもらうし、それを基弘にとやかく言わせるつもりもない。

三年前、会社を独立させたときにそう決めた。自分たちは同志になる。だから、恋愛関係と肉体関係を断ち切った。これからもそのスタンスは変わらないだろう。だったら、暁生は暁生で自分の癒しと満たしを探すだけのことだ。

◆◆

週末になり、基弘は暁生が用意しておいた奈々子へのプレゼントを車に乗せて近県のリゾートまで出かけていった。適当なものと言われ手配したのはシャンパンとバカラのグラス。

旅先でボトルを開けて楽しんだあと、彼女にそのままグラスをプレゼントすればいい。シャンパンとペアグラスだけで十万を超えたが、それだけでは素っ気無い気もしたので、同じくバカラのクリスタルのペンダントトップのついたネックレスとシルクのスカーフをつけておいた。

有名なジュエリーブランドのものはありきたりだし、プレゼントに選ぶ男性も多い。なので、今回はグラスに合わせたところがポイントだ。ファッションブランドではなく、老舗《しにせ》のクリスタルメーカーのネックレスやスカーフまでチェックしている人は少ない。

一見華やかな業界の女性だけに、周囲の女性が持っていないものを持ちたがる。奈々子の普段のファッションからもそういう傾向が見受けられた。基弘からプレゼントを手渡された彼女は、満面の笑みで彼に抱きついてくるに違いないだろう。

そんな基弘たちのことはともかく、今日は暁生も楽しむつもりだった。というのも、佐賀に誘われてドライブに出かけるからだ。

マンションの近くまで迎えにきてもらい、助手席の窓から流れる晩秋の景色を眺めている。佐賀の車は赤のアルファロメオだった。悪くないと思う。奇妙なのは、仕事も遊びも型破りで自分のスタイルを貫く基弘はドイツ車のポルシェに乗っていて、公私ともに堅実な印象のある佐賀が遊び心のあるイタリア車ということだ。人は自分のイメージを打ち破るために何かを所有することもあるのかもしれない。

そして、二人とも車が好きなのも同じなら、運転がうまいのも同じだ。暁生が褒めると、佐賀はサーキットで走っている基弘ほどではないと謙遜《けんそん》する。

「彼はスピードが好きなんですよ。もちろん、それなりのテクニックもありますが、秘書としてはいくらサーキットとはいえあまり危険な真似はしないでほしいんですけどね」

「休みの日まで社長の心配ですか？　こんなに尽くしてくれる秘書がいるなんて本当に羨《うらや》ましい」

「尽くすというか、彼があってのシロテックですし、シロテックあっての我々社員ですから」

「彼のビジネスマンとしての才覚は間違いないですが、独特のカリスマ性がありますからね。ついていきたくなる気持ちはわかりますよ」

「先生も一肌脱いでくれるというので、とても心強いです」

「できるかぎりのことはやりますよ。自分のキャリアのためもありますが、あなたの信頼を得たいという下心もありますから。ただし……」

「ただし、なんでしょう？　何か条件でも？」

交際に対して快い返事があってのことと言われたら困ると思ったが、さすがにそんな姑息《こそく》なことは口にはしない。

「ただし、『先生』はやめてほしい。プライベートでは名前で呼んでもらいたいな」

冗談めかして言うが、言葉の裏には本気と自信が見え隠れしている。誠実だし正直さは好感を抱くのに充分だった。

仕事の話はそこまでにして、たわいもない雑談と車内に流れるジャズを楽しみながら一時間半ばかり車を走らせて湘南《しょうなん》までやってきた。朝早く都内を出たので、さほど渋滞に巻き込まれることもなかった。秋の海とはいえ太平洋に降り注ぐ日差しは柔らかで、明るくて解放的な景色に暁生は思わず大きく伸びをする。すると、隣に立った佐賀が風になびく髪を片手で押さえながら言う。

「実はわたしの地元なんですよ。高校までこの町で暮らしていました」

暁生は都内でもやや神奈川よりのエリアの学園都市で生まれ育っていたので、高校生の頃は友人と一緒に横浜や湘南にも足を伸ばして遊んでいた。自分にとっても懐かしい場所だが、そこが佐賀の故郷だと聞いて少し驚いた。実家もまだあって、両親も健在だそうだ。また、実家の近くには彼の兄夫婦も住んでいて、設計事務所を経営しているという。

「いい町で生まれ育ったんですね。きれいな海のそばで羨ましいです」

「子どもの頃から遊び場は砂浜か海で、高校まではプールで泳ぎ海で泳ぎ、水にばかり浸《つ》かっていましたよ」

「ああ、そういえば水泳部でしたよね」

「大学では学業に追われていたし、今では週に一度ジムで泳ぐ程度で、すっかり筋肉がナマってしまった」

「それでもりっぱな体格をしているじゃないですか。胸板も厚くて、スーツがよく似合う。男として羨ましいですよ」

「嬉しいな。石川さんにそんなふうに言われたら、今すぐシャツを脱いで海に飛び込んでみせたくなる」

佐賀の言葉に思わず噴き出した。べつにセクシュアルな意味で言ったわけではないが、考えたらこれはデートだからそういう意味でもいいのかもしれない。

それから二人で海辺を散歩して佐賀の学生時代の話を聞いて、少し早いけれど彼の案内で最近できたというカフェテリアでランチを摂《と》ることにした。地元の人に長く愛された店もあれば、近頃になって進出してきた店もある。そんな中で佐賀が案内してくれたのはハンバーガーの店だった。

もちろんファストフードではなく、バンズからパテまで徹底的にこだわって作っているのが売りの店だ。フレンチフライやオニオンフライなども新鮮なたね油で揚げていて、サラダメニューも豊富だ。海辺のテラスはこの季節でも風避《かぜよ》けのガラスフェンスと野外用ストーブで充分に温かい。そこでハンバーガーとフレッシュサラダを食べながら、ノンアルコールビールを飲んで雰囲気を楽しんだ。

「実はジャンクフードも好きなんですよ。北米に留学していたときにおいしいものがなくて辟易《へきえき》としたんですが、唯一気に入ったのがホットドッグとベーグルサンドでね。それでジャンクフードに目覚めたんです」

何の肉かわからないようなソーセージをはさんだ安いホットドッグブレッドを、ケチャップとマスタードでごまかすように食べるのがいいという話を聞いて思わず笑う。同じようなセリフを、以前に見たアメリカのTVドラマシリーズの主人公が言っていたのを思い出したからだ。

これまではオフィスで仕事のために顔を合わせていただけで、彼という人間を知る機会もなかったし、あえて知ろうという気持ちもなかった。けれど、今は佐賀という男性に興味が湧《わ》いている。頭が切れる上昇志向の強い弁護士というだけでなく、彼の内面の部分を知るほどに心惹《こころひ》かれていくのが自分でもわかった。

ランチのハンバーガーはボリュームがあり、肉も野菜もフレッシュでこれまで食べた中では最高のものだった。先日のスペイン料理もいい店だった。食にこだわる男は嫌いではない。一緒に生きていくとすれば、日本では同性で養子を得るのは難しいので、それ以外の部分でお互いの生活を満たす方法を見出していかなければならない。その一つとして食は重要なアイテムだと思うし、佐賀はそれに対する知識も好奇心もある。

「わたしのことはいくらかわかってもらえたなら、石川さんのことも教えてもらえると嬉しいんだけどね」

オフィスで顔を合わせているときと違い、少しばかり口調が砕けている。その親しさの表現が思いがけず暁生の心を擽る。愛されたり求められたりということから長らく離れて過ごしていたから、彼の言葉に自分でも知らないうちに強張《こわば》っていた心が解《ほぐ》されていくのがわかる。

「わたしは見てのとおりの人間です。仕事に追われているばかりで、知れば知るほど案外つまらないと思われるかもしれない……」

暁生はそう呟いて俯《うつむ》いてしまったのは、仕事を取ってしまえば今の自分に何があるのかわからなかったからだ。だが、佐賀はそんな暁生の前でテーブルに身を乗り出してきたかと思うと、なぜか指を広げて見せた。そして、その指を一つずつ折って言う。

「その容姿がとてもいいと思う。秘書としてとても有能だ。プライベートが謎《なぞ》で好奇心が刺激される。他にも気になっていることはいくつもある。それらを知っていくのがとても楽しみだ。石川さんはどうだろう。わたしといてこうして休日を過ごしていてどんな気分なのかな？　正直な気持ちを教えてほしい」

彼が誠実にこの恋愛に向き合おうとしていることはわかる。だから、暁生も正直に自分の胸の内を語るべきだと思った。

「わたしも佐賀さんのことを知るほどに一緒にいるのが楽しいと思っています。こんな気持ちは久しぶりで、自分でもどうしたらいいのか少し困惑しています。でも……」

言葉を選びながら言うと、佐賀がテーブルの上に置いていた暁生の手をそっと握ってきた。

周囲のテーブルに客はいない。二人きりの空間で、佐賀が優しげな笑みとともにたずねる。

「でも、なんですか？」

「不思議なんですけど、この困惑を楽しんでいる自分がいます」

「それというのは……？」

恋愛関係としてつき合うことを認めてくれるのかと、佐賀が優しげな視線で問うていた。だから、暁生は黙って頷き微笑んだ。彼とならきっとプライベートの人生を心穏やかに過ごすことができると思う。そして、自分だってそれを求める権利はあるはずだ。

心の平穏だけではない。その日の夜、暁生は佐賀の誘いを断わることなく彼の都内のマンションで一夜を過ごした。抱き合った感覚と感触は最高とはあえて言わない。それは、気分や体調や環境で左右されるものだから。ただ、とても優しく丁寧なセックスだった。

体の相性も悪くない。初めての相手に感じやすい場所を簡単に見つけられ、巧みな愛撫《あいぶ》で乱されたのは自分の飢えを思い知らされるようで恥ずかしかった。佐賀はそんな暁生の反応が新鮮で、想像していたとおりとてもいいと甘い言葉を何度も耳元で囁いてくれた。

ピロートークでは、これからの人生設計を語って聞かせてくれた。同性だからこそ、将来のことには慎重にならざるを得ない。佐賀は自分がゲイであることに迷いはなく、ありのままの自分でこの先の人生も望んだ人と構築していくつもりなのだ。そして、その彼が望んでくれたのは暁生だ。だったら、自分も彼のそばで幸せになりたいと思った。

「月曜の朝から機嫌がいいなんて、週末に何があったんだろうね？」

暁生にそうたずねる杉原は月曜の朝からすでに疲労困憊《ひろうこんぱい》といった様相で、髪は乱れ、シャツもズボンもしわだらけで、目の下にはクマがくっきりとできていた。

「もしかして、スミクラ科学の件で徹夜ですか？　ほどほどにしないと過労死しますよ。労災の適用は勘弁してください」

会社としてはけっして奨励していないが、自分たちの担当している企業の情勢によっては、情報交換とその分析でデスクから離れられなくなる者もいる。特に海外との取り引きを中心にしている企業の場合、現地のアナリストと連絡を取り合うため、日本の就労時間とどうしてもずれてしまう。

杉原が担当しているスミクラ科学は、戦後に電子機器や測量機器などのメーカーとして成長してきた企業だ。会長が一代で築き上げた会社で現在は息子にあたる二代目が社長職に就いているが、今も会長の権力が絶大である。その会長の一存で、現在ドイツの同種の機器を製作しているメーカーとの合併話が進んでいる。実際は、スミクラが買収する格好だ。

それによって世界におけるシェアが大きく変動する可能性があり、北米の企業が危機感を覚えて動いているという情報も飛び込んできて、現在この科学機器メーカーの中では水面下で激変が起きつつあるのだ。夜通しヨーロッパの情報を集めて分析し、今度は朝から北米の情報収集と分析をしなければならないため、帰宅してのんびりしている場合ではないのはわかる。だが、健康には気をつけてもらわないと困る。労災適用も問題だが、優秀なアナリストを失うのは企業として大きな損失になるからだ。

「結局、社長と会社が一番大事なんだな。個人的に心配しているとか言ってくれれば嬉しいのに……」

恨めしげに言うので、暁生はデスクの引き出しから少し高い栄養ドリンクを一本取り出してきて杉原に手渡す。せめてもの心遣いで、それ以上は何も出ないとばかり笑顔で会話を終わらせる。すると、それを受け取った杉原が何か言いかけたかと思うと廊下の向こうを見て、なんとも言えない表情になった。

彼の視線を追うように暁生も廊下のほうを振り向くと、やってきたのは杉原ほどではないがどこか疲れて沈んだ様子の基弘だった。いったい何が不満なのか、近頃の彼は朝から不機嫌なことが多い。彼の扱いには慣れた暁生だが、そういう日ばかりが続くとさすがに面倒だ。

「どうやら社長の週末も楽しいものじゃなかったようだな。石川くん、うまく機嫌を取っておいてくれ。よろしく頼む。あの顔でミーティングに入ってこられたら会議室の空気が強張っちまう」

それだけ言うと、早々に退散とばかり暁生のデスクの前を去っていく。入れ替わるように暁生のところにやってきた基弘はチラッとだけこちらに視線を寄こし、そのまま自分の部屋の中へと入っていく。内心「やれやれ」という気分だったが、できるだけ涼しい顔で基弘のあとについて部屋に入ってたずねる。

「週末はいかがでしたか？」

「ああ」

返事になっていない。なので、適当に話題を続ける。

「天気がよかったので、彼女と一緒に自然の中でリラックスできたんじゃないですか？」

「まぁ、そうだな」

「ずいぶんと気のない返事ですね。また何かトラブルでも？　もしかしてプレゼントが喜ばれなかったとか？」

「プレゼントは大ウケだ。二人でシャンパンで盛り上がって、裸でネックレスだけをつけた彼女は大興奮で、翌朝はマックスマーラのパンツスーツの下に何も着ないで、プレゼントしたスカーフだけを巻いていた。ヴォーグイタリアから抜け出してきたみたいにセクシーだったよ」

「それは何よりで」

プレゼントをしくじったなら少しは申し訳なくも思うが、それだけ喜ばれて楽しんだのならもう少しさわやかに出勤してもらいたいものだ。それとも、結婚話を蒸し返されたのだろうか。それを問うと返事がない。どうやらプレゼントで気分が高まった彼女の心は、いよいよ結婚に向かって突っ走ってしまったようだ。

「だったら、いっそ結婚してしまえばどうですか？　もうとっくに身を固めてもいい年齢でしょう」

暁生が肩を竦めて言った。うまくいけばいいだろうし、駄目なら駄目でいまどき離婚歴くらいビジネスのマイナスにはならないだろう。それでひとときの心の安定でも得られれば、奈々子との結婚の意味はあるような気がした。

ところが、椅子に深く腰かけて胸の前に両手の指を絡ませてのせていた基弘が、いきなり体を起こしたかと思うとデスクを手のひらで叩いて言う。

「なんでおまえがそういうことを言う？」

語気の荒さに驚きはしたが、表情は変えることなく基弘を見下ろす。すると、彼は怒鳴ってしまった気まずさに視線を逸《そ》らし、デスクを叩いた手のひらをひらひらと振ってみせる。

「悪い。おまえにあたるのは筋違いだな。すまん……」

「いいえ、他の誰にあたられても困りますから、わたしにあたっていてもらうほうが安心です。それより、彼女と結婚する意思はないということですか？　案外いい夫婦になりそうですけどね」

「勘弁してくれ。これから例の交渉も始まる。独立して三年目で、正念場と呼んでもいい時期だ。結婚なんか考えられないな」

「でも、彼女のことは気に入っているんでしょう？　だったら、もう少し時期を待ってくれと正直に話せばどうですか？　言ってわからない女性ではないと思いますけど」

暁生のアドバイスに基弘は窓際に立って眼下の街を見下ろし、なぜか小さな溜息を漏らす。無理な提案ではないと思うが、何か問題でもあるのだろうか。そのとき、ハッとして暁生がたずねようとした。

「まさか……」

「違う、違う。それはない」

暁生がたずねようとしたことをいち早く察した基弘が否定する。子どもができてしまったなら、それはきちんと責任を取らなければならない。だが、そうではないなら何が問題なのか、さっぱりわからなかった。

「これは俺自身の問題だ。ちょっと考える時間が必要な気がする」

城山商事との交渉は心身ともに厳しい戦いになると思う。だが、佐賀という心強い存在もいるし、基弘の信念とタフさをもってすれば勝機はきっと見出《みいだ》せるだろう。それなのに、何かに心を煩《わずら》わせている今の状態は不穏な気持ちにさせられる。

だが、本人が考えると言っているのだ。子どもではないのだから、彼自身のことは彼に考えてもらうしかない。いくら秘書であっても、暁生はそれ以上でもそれ以下でもなくて、口出しのできないこともある。

「了解です。奈々子さんの件はご自由に。手助けが必要ならいつでも言ってください。ただし、仕事に支障を持ち込むようなことは……」

そこまで言いかけて、基弘がさっきデスクを叩いた手のひらをこちらに向ける。その先は言わなくてもいいという意味だ。彼がそういう反応を見せたときは信用することにしている。彼の精神的な強さは誰よりも暁生が知っている。

杉原は不機嫌な基弘が会議室にやってきたら空気が強張ると言って退散していったが、基弘が感情的な部分をあからさまに出すようなことはないのだ。そんなことに気づくのは城山商事の頃からのつき合いで、よけいな部分での洞察力の鋭い杉原くらいだ。

「ミーティングの前にコーヒーをお持ちします。朝食は摂りましたか？」

基弘は首を横に振った。だったら、暁生が出勤途中に買ってきたマフィンがあるから、それを軽く温めて持ってくると言った。

「何味のマフィンだ？」

「ブルーベリーとチョコチップです」

何も言わないということは食べるという意味だ。ベリー系でもストロベリーやラズベリーは嫌いで、チョコレートチップはいいが、生地がチョコレートのものも甘すぎるといやがるのだ。それだけではない。彼の悪い癖も知っていた。マフィンの上の部分だけを食べて、ペーパーカップに入っている部分は必ず食べ残す。わがままな子どものような所業で、母親にもずっと叱られていたらしいが大人になっても直っていない。

他にも彼の細かい癖や、好き嫌い、苦手なものや好んで手にするもの、洋服の趣味とか普通なら理解しにくい道楽など、奈々子はすべてを知っているのだろうか。もしこの先知ったとして、彼女はそんな彼を優しく宥《なだ》めるのだろうか。それとも呆れて放置してしまうだろうか。そして、基弘は自分のパートナーとなる人間に何を求めるのだろう。

基弘の部屋を出た暁生は給湯室でコーヒーを淹れてマフィンを温め、知りすぎた男の将来について考える。彼の幸せはどこにあるのだろう。奈々子が基弘を幸せにしてくれるならそれでいい。けれど、そうでないなら、自分は彼に何をしてやれるのか。

けれど、そんなことを考えても詮無《せんな》いことだと思い出す。自分たちは同じ目的に向かっていく同志であっても、もはやプライベートで心を寄せ合うことはしないと決めたのだ。そして、暁生には新しい人ができた。

カンのいい杉原にはすっかりポーカーフェイスを見破られてしまったとおり、佐賀と過ごした週末は楽しかった。彼とならこの先も地に足が着いたいい未来が想像できる。けれど、今朝までの上機嫌が少しばかり冷めていくのを感じている。

仕事の面では基弘を支えていくことに気持ちのぶれはないが、プライベートでは個人的な幸せを得たいと思っていた。そして、それをして悪いはずはない。

（そんなはずはないけれど……）

今は上司と秘書の関係でしかなくて、三年の年月を経てようやく彼と自分を切り離せたような気もしていた。それなのに、基弘があんなふうに何かに悩んでいるのを見ていると、また自分の心もシンクロしてしまう。

マフィンを温めている電子レンジ内部のオレンジの明かりを見つめながら、どうしたらいいのかわからなくなっている自分がいて、暁生はブラックコーヒーのマグを片手に深い溜息を漏らすのだった。

◆◆

週も半ばになれば基弘もいつもの調子に戻り仕事に打ち込んでいた。その日は今回の案件について正式な依頼をし、それを受諾した佐賀がオフィスにきていた。今日からは本格的に城山商事との交渉の打ち合わせを行う。綿密に計画を練って、まずは先方に自分たちの計画を打診するところから始めなければならない。

きちんと手順を踏んでできるかぎりトラブルのないよう、互いがウィン・ウィンの関係を継続しながら、経営権だけを譲渡してもらうのが理想的なシナリオだ。いかに穏便に、対外的なマイナスイメージを作らずこちらの条件を呑ませるかが難しいところだった。もちろん、独立のときのようにうまく話がまとまるという保障はどこにもない。だが、可能性がゼロでないかぎりやると決めていて、その気持ちにいっさいのぶれはない。

ついては、シロテックの独立の際にも基弘の片腕として働いてきた暁生もこの日の打ち合わせに同席するようにと指示があった。佐賀とは一緒に週末を過ごして体を重ねてから、毎日のように短いメールのやりとりをしている。

昨日の夜のメールでは、今週末に一緒に食事をしてから深夜映画を見にいこうと誘われている。帰りはきっと彼の部屋に行き、翌朝は怠惰に寝坊して一緒に朝食を摂ることになるのだろう。杉原に図星をさされたが、機嫌がいいのはプライベートがそれなりに充実しているからだ。

「それでは、こういう形で正式な書面を先方に提出するのは来月の頭になると思いますが、口頭による打診では実際のところあまり納得されていないようですね」

佐賀が会議室のテーブルに関連資料を広げ、片手でタブレットを操作しながら言う。彼の向かい側には基弘が座っており、軽く肩を竦めてみせる。

「三年前の独立も少々強引だったので、あのときのわだかまりを忘れていない取締り連中がいるのは承知の上ですよ」

「それまでまったく違う畑で働いていた人間が企業の一部門を独立させ、子会社化させたわけですからね。社長の出生のことがなければ、まずは成功していなかった事案でしょうね」

「否定はしません。城山の名前と立場を利用することを潔しとしないなどと寝言を言って、人生を遠回りするほど暇じゃない。死ぬ気でやればどうにかなるなんてことはこの世にそうそうないと思っている。その代わり、明日死ぬかもしれないという覚悟でビジネスの世界にいるんですよ。使える手段は使い、やれることは全部やる。それだけです」

基弘の出生について佐賀が口にしても、平然と自論で返す。そして、暁生といえば基弘の横で佐賀と同じように資料とタブレットを用意して席につき、あの当時のことを思い出していた。

そもそも城山商事では日系の証券会社に分析を依頼し、ファンドマネージングの部署がそれによって資金獲得のための運用体制を構築するという一般的な形態であった。それを基弘が社長である城山隆弘と交渉した結果、独立して子会社化させ、資産運用を自らが率いるという現在の形にしたのだ。

独立した「シロテック情報システム」は所属するアナリストによって銘柄を細かく調査し、その売り買いを城山商事をはじめとする契約のある企業のファンドマネージャーへと報告する。それによって企業は資金を大きく増やすこともあるが、ときには大きく減らす場合もある。リスクのある株式市場へ企業の投資を引っ張り込むだけに責任は重い。アナリストのアドバイスはそれだけ大きな意味を持ち、少し大げさに言うなら命がけということになる。

城山商事から切り離した子会社だからこそできる大胆なビジネスであり、激務をこなし結果を出す自信のあるアナリストなら相応の報酬を得ることができる。そういう観点からシロテックは外資系証券会社に近い業務形態といえる。

杉原の徹夜は問題だが、実際彼らは早朝から深夜まで仕事に追われる。日本の経済ニュースを頭に叩き込み、オフィスでミーティングをして意見を述べ、それらをまとめて企業のファンドマネージャーやトレーダーに発表しなければならない。

また、夕刻にはヨーロッパからの情報が入ってきて電話会議もしばしばだし、夜中には北米からのニュースが飛び込んでくる。それらの時間の合間にレポート作成もあり、決算発表の時期や業界での大きな動きがあるときには文字どおり眠る間もなくなるのだ。

独立当初は城山商事の専属的な存在だったが、この三年で契約している企業も増えるともに雇っているアナリストも増えて現在の規模になった。信頼と実績を築いてきた背景には代議士の谷脇のような存在もある。そういう意味で、基弘は利用できるものは利用する。ただし、サポートしてくれた者たちの期待は裏切らない。それが基弘のビジネススタイルで彼の信念なのだ。

「今一度、これはあくまでも確認ですが、城山商事から経営権を完全に譲渡されることを希望しているということでよろしいですか？　今の状態でも経営に問題はないはずですし、むしろいざというときには城山商事は大きな後ろ盾になる。それをあえて取り除くことについて迷いや不安はないんですか？」

佐賀の言葉に基弘は一瞬の躊躇《ちゅうちょ》もなく返事をした。何一つ迷いはなく、これは独立を決めたときからの計画のうちなのだと。

「先生はさっき出生の件を言われたが、それについては大きなプラスだったと認めますよ。だが、同時にわたしの人生において常に大きなマイナスでもあった。自分が『城山基弘』であってよかったと思う部分と、そうでなければよかったのにと思う部分があって、それらを相殺して新たな自分の人生を構築しなければならない。それがわたしにとってとても重要なことなんですよ」

「だが、企業はあなた一人のものではない。他の社員や従業員のことを考えればリスクが大きいんじゃないですか？」

佐賀がそう言ったとき、基弘の横にいる暁生の顔を見たのがわかった。佐賀の視線に基弘も気づき、不敵に笑ってみせる。

「わたしの自己同一性の証明のために、一緒にリスクを背負わせているつもりはない。少なくとも、城山商事から一緒に独立した者、引き抜きに応じた者はそれぞれの目的と覚悟を持ってついてきてくれています。今後もそのスタンスは変わらないだろうし、万一彼らが他の道を見つけたらならそちらへ進めばいいだけだ。違いますか？」

「ごもっともです。了解しました。一応確認したまでです。では、具体的な交渉の日程を組んでいきましょう。とりあえず、三月末の決算のあとを目安にして、動くことになると思います。また、交渉の進め方については資料に目を通しておきますので、あらためて社長の考えもうかがいたい」

基弘の意思を確認したと同時に、佐賀は暁生の意思も確認したのだろう。もし暁生がこの案件に不安を感じているのなら、佐賀は基弘に時期を待つように説得するつもりだったのだろうか。だが、暁生も基弘と同様に迷いはない。不安はないとは言わない。何が起きるかわからないから不安はつきものだが、それを乗り越えなければ得るものはない。

その日は一時間ばかり今後の交渉の日程と進め方について、佐賀のほうからレクチャーを受ける格好になった。それは基弘や暁生が考えていたものと大筋違わなかったので問題はないと思われた。打ち合わせを終えたあとは、基弘と挨拶を終えた佐賀を暁生がこの間と同じようにエレベーターのところまで見送る。

「社長の覚悟はわかっていたが、社員はどうなのかな？　石川さんや杉原さんだったかな、一緒に城山商事から移ったのは。他にも数名いたと思うけれど、その人たちはおそらく問題ないとして、城山商事の子会社だということで転職してきた人たちは実際のところどうだろう？」

「社長の考えについていく人間がほとんどですよ。アナリスト連中は特に日本の証券会社のぬるま湯が肌に合わず移ってきた者が多いですし、実力でそれだけの報酬を得ていますからね。事務関係は万一退職する者がいても穴埋めができます。もっとも、それもまずいないと思いますがね」

「全員が社長を信頼してついてくると？」

「城山は実力だけでなく、そういう気持ちにさせる男なんです」

暁生がエレベーターを待ちながら言うと、佐賀が目の前で苦笑を漏らす。理由を問う前に、彼が周囲に人がいないことを確認してから暁生の頬にそっと手を伸ばしてくる。

「あなたも社長のことを信じているし、どこまでも彼についていくんだな。なんだか妬《や》ける」

「佐賀さん……」

抱き合って数日、自分たちはつき合っていて職場で人目から隠れてこんなふうに触れ合い、ちょっと甘い会話をしているのがなんともくすぐったい。

「仕事は仕事です。でも、プライベートは別ですから」

暁生が彼の手に自分の手を重ねて微笑みながら言う。すると、佐賀も笑顔で頷きながら少し顔を寄せて、耳元で囁く。

「週末が楽しみだよ。まるでクリスマスを待つ子どものように、指折り数えているんだ」

いい大人の男が可愛《かわい》いことを言う。そういう甘えたことを言われるのが実は弱い。基弘もそういうところがあった。ただし、佐賀は自分でなんでもできるくせに、上手に甘えたふりをしてみせているのがわかる。基弘の場合は本当に素でだらしないところがあったり、甘えた部分が見えたりするのだ。

比べたところでどうなるものでもないし、今自分がつき合っているのは佐賀なのだ。暁生は甘えてみせる佐賀に言う。

「いい子にしていると、ステキなプレゼントが届くかもしれませんね」

そのときエレベーターがやってきて、乗り込んでいく佐賀を会釈で見送る。それから書類の片付けをしようと会議室に戻ると、そこにはまだ基弘がいて一人で窓から外を見下ろしていた。

「どうかしました?」

テーブルの上の書類を重ねながら暁生がたずねると、基弘はどこか心ここにあらずといった様子で窓に肩をもたせかけたまま聞いてくる。

「で、佐賀とはつき合うことにしたのか?」

なぜそれを聞かれているのだろう。会議室では佐賀と暁生はこれまでと変わらない、あくまでもビジネスの関係でしか接していなかった。先週の帰り際に口説かれたことは認めたが、その後週末に彼と出かけたことは基弘に話していない。今日だってエレベーターホールの二人の姿は見られていないはずだ。なのに、基弘がそのことをどこか確信めいた口調で聞いてくる。

　すると、怪訝な表情でいる暁生に基弘は小さく肩を竦めてみせる。そんなこともわからないのかと小馬鹿にしたような表情さえ浮かべていた。

「おまえが俺の何もかもを知っているほどではないかもしれないが、俺だっておまえのことはかなり知っているってことだ」

「それは、わたしのことを気にしているという意味ですか？」

　暁生が基弘のプライベートに口を出すのは、あくまでも彼が仕事に打ち込めるようにという心配りであって、彼をコントロールしようとしているわけではない。基弘もそのことはわかっていて、暁生につき合っている女性へのプレゼントを見繕わせたりするのだ。

　だが、暁生のプライベートを基弘にいちいち観察して口出しされる覚えはない。秘書としてきっちり仕事をしているかぎり何も言われたくはないし、そういう暁生の気持ちはちゃんと理解しているはずだ。にもかかわらず、佐賀との関係を聞いてきたのは個人的に気にしているということかと問いたくもなる。

　暁生の問いに基弘は少しの間黙り込んだかと思うと、ズボンのポケットに両手を突っ込みこちらを振り向いて小さく肩を竦めながら言う。

「秘書が担当弁護士と熱愛なんてことで、仕事が上の空にならなければいいと思っただけだ」

　まったくおもしろくない答えだったが、それを聞いて不機嫌さをあらわにするほど子どもではない。

「ご心配にはおよびません。わたしはただの秘書じゃありませんから。ご存じのように、石川暁生ですから」

涼しい顔で答えてやると、基弘はわかっているとばかり片手を上げてそのまま部屋を出ていった。午後からはスミクラ科学の件で杉原と個別のミーティングに入る予定だ。ああいう顔をしていると、杉原のような男には不機嫌さをすぐに見破られてしまうだろう。

そして、その理由を杉原が暁生に聞きにくるのはいつものことだ。彼は基弘と暁生の過去の関係を知っているだけに、質問に容赦も遠慮もないのが厄介なのだ。けれど、何を聞かれても答えは決まっている。あるがままでありのまま。すでにプライベートの関係は絶っていて、二人は社長と秘書でしかなく、基弘が不機嫌な理由としてはつき合っている女性に思いがけず結婚を迫られているから。

それにしても、なぜそんなに結婚を避けようとしているのだろう。佐賀と同じ四十前で、バイセクシュアルなら結婚を考えてもいいはずだ。まして、加納奈々子はそう悪い相手ではない。むしろ基弘との釣り合いを考えれば、世間も城山家も納得すると思う。そのとき、ふと以前基弘が漏らした言葉を思い出す。

『これは俺自身の問題だ。ちょっと考える時間が必要な気がする』

彼自身の問題という言葉が引っかかる。基弘のことについて暁生が知らないことなどないはずなのに、体を繋げなくなってこの三年の間で彼の中で何かが変わっていて、それに暁生が気づいていないということがあるのだろうか。

佐賀との恋愛に浮かれている自分がいて、その傍らに基弘との関係に不安を覚えている自分がいる。城山商事とのＭＢＯ交渉に迷いはないが、今の自分は基弘の存在そのものについて不安を抱いているのだ。これまでになかったこの感覚は、暁生をひどく落ち着かない気持ちにさせる。

会議室を片付け終えてもなおその場に立ち尽くし、暁生は心の中で呟いていた。

（こういうのはいやだな……）

こんな気持ちはどうしたらいいのかわからない。ただ、自分自身を落ち着けるためにも早く週末がくればいいのにと思っていた。佐賀と恋人同士として甘い時間を過ごせば、ささやかな不安や心地悪さも消えてなくなるだろう。

プライベートの時間が充実していれば、仕事の辛さも乗り越えられる。今の暁生にはそれがあるけれど、基弘はひどく曖昧な状態なのかもしれない。どうにかしてやりたいし、やれることはやっているつもりだ。それでも、基弘の中に何かわだかまりがあるというなら、それを知らなければどうすることもできない。

恋人関係を絶ってシロテックを作ってから、城山商事に勤務していた頃よりもずっと長い時間を一緒に過ごしていると思う。それくらい仕事に没頭してきたのも、同じ目的を持ちそれに向かって邁進《まいしん》してきたからだ。にもかかわらず、今になって彼の心がよくわからなくなってきた。

こんなことはこれまで一度もなかったのに、手探りで彼の気持ちを探しているとまるで自分自身が大きな森の中で迷子になってしまったような気持ちになるのだった。


「ワインはイタリア？　それともフランス？」

佐賀がそう聞いたのは、都内では一番品揃えがいいだろうワインショップでのこと。産地別に並べられた棚のどの通路に向かうかをたずねられたので、暁生が提案する。

「軽くてドライなものがいいですね。暖房の効いた場所でしっかり冷やしたチリの白なんてどうです？　デカダンスな気分が味わえるんじゃないですか？　それに、安いのに充分おいしい」

「いいね。夏のビーチで飲むのとは違う味わいが楽しめる」

ワイン一本を選ぶのも、佐賀となら楽しめる。今夜食事をするレストランは飲み物の持ち込みができる店なので、まずはワインを調達していくことになった。タパス形式の店で料理は抜群においしい。特に珍しい素材を使っているわけでも、凝った調理をしているわけでもない。ちょっとしたアイデアと新鮮さがすべてで、自宅でも作れそうなものが多いのがまた嬉しい。

タパスでは期待どおりの料理に舌鼓《したつづみ》を打ちながら、二人してレシピをあれこれ探って楽しんだ。

「これなら作れるかな。ただし、アンチョビのおいしいのを見つけないと駄目だろうね」

「使っている柑橘類《かんきつ》も少し変わっていますね。ライムかな？　でももう少しマイルドな感じがする」

店の者にたずねると、メキシコから輸入したキーライムだという。素材は珍しくなくても、そういうところにひと工夫が隠れていたのかと思わず二人で感心した。

食事を楽しんだあとは深夜映画を見て、そのままタクシーで佐賀のマンションまで行った。飲み直そうかと誘われたが、暁生はトニックウォーターでいいと言った。

「お酒は弱くないよね？　それとも体調がよくない？」

そうじゃないと首を振って微笑むと、佐賀のそばに行き彼の胸にそっと手のひらを当てる。

「あまり酔ってしまうとそのあとが楽しめないので……」

「なるほど。さすがは秘書だ。どんなときでも細かい心配りに感心するよ」

少しからかうように言って、暁生の手をつかんでさらに体を引き寄せる。唇を重ねた二人は互いの着ているジャケットを脱がせていき、抱き合ったまま近くの壁にもたれてぴったりと体を密着させる。

「やっぱり、君はいい。案外つまらない人間だなんて言っていたけれど、料理のこともワインのことも映画のことも話していて退屈することがない。独特の感性も気に入っている。だから、これからもずっとそばにいてくれたら嬉しいよ」

佐賀が暁生の耳元でそんなふうに囁く。この人は暁生のいいところばかりを探して見てくれる。それはとても心地いいことで、一緒にいて安心できるという感覚はこれまでつき合った誰よりも大きい。

「佐賀さんも、仕事で顔を合わせているときからステキだとは思っていたけれど、プライベートを知ったらなおさらいい男だとわかりました」

「じゃ、我々は両思いということだ。よかった」

そう呟くと、二人は飲み物のことも忘れてそのまま寝室へと入っていく。体を寄せ合ってキスをしながらベッドに倒れ込むと、互いの体をまさぐりながら暁生は自分が恋の真《ま》っ只中《ただなか》にいることを実感していた。

「一応確認しておくけれど、明日は休みだよね？」

「あなたのほうこそ、急な仕事が入ったりしませんか？」

ただれた夜を過ごした翌朝は、たっぷり寝坊してから着替えも適当なまま、B級映画など見ながらブランチを食べるのがいい。

ただし、二人とも休みであっても、緊急な事態がないわけではない。佐賀はベッドのサイドテーブルにマナーモードに設定した自分の携帯電話を置いている。暁生も自分の携帯電話に基弘やアナリストからの急を要するメールや電話の着信履歴がないことを確認して、コール音を消した。セックスの最中に携帯電話が鳴るくらい無粋なことはない。まして休日の夜だから、いろいろなものから解放されたい。

その夜、抱き合って過ごした部屋の中には二人の淫らな声が響くばかりだった。溺《おぼ》れるのも悪くはない。基弘のためになんでもするけれど、自分のための幸せを見つけてもいいはず。どんなに仕事にやりがいを見出したとしても、ずっと一人でいるのはやっぱり寂しすぎるから……。

◆◆

「誰にも言っていない秘密を教えるよ」

「なんですか？　悪い癖があるとか、変わったフェチだとか？」

「それもあるけど、それ以外のこと」

「そっちも知りたいけど、それ以外のことを先に教えて」

淫らな夜を過ごし、一夜明けてすでに時刻は十時近くになっていた。そろそろ起きて遅い朝食を作ろうと思いながら、ベッドで裸の体を寄せ合いシーツの中で戯《たわむ》れている。会話もすっかり砕けた恋人同士のものだ。

「シロテックの案件が難しいのは事実だが、城山社長の独立しようという気概については大いに感心しているんだ」

「てっきり無謀だと内心呆れているのかと……」

暁生が言うと、佐賀はたくましい腕で体を抱き寄せてからそんなことはないと笑う。

「でも、それとあなたの秘密とどんな関係が？」

「わたしだっていつまでも今の事務所に雇われたままでいるつもりはないってことさ。いずれは自分の名前の入ったオフィスを持ちたいと思っている。もちろん、まだ少しかかりそうな夢だけどね」

その口調を聞いていると、すでに足がかり的なものをつかんでいるような気がした。弁護士も自分の事務所を持つのは厳しい時代だ。だが、基弘が知恵以外にも自分の使えるものは全部使って独立を勝ち得たように、やる人間はどんな手段を使ってでも夢を叶《かな》えるものだ。それが合法であるかぎり人からとやかく言われることはないし、努力はむしろ報われて当然だと思っている。

「佐賀さんならきっとやれるでしょうね。あなたは城山と似たところがある。そばにいてすごくそれを感じるときがあるから」

暁生が彼の胸に頬を寄せて言うと、佐賀が苦笑を漏らしてからゆっくりと体を起こす。胸の上からベッドへと下ろされた暁生も起き上がろうとしたが、髪の毛を撫でて額にキスをした彼に止められる。

「もう少し寝ていてもいいよ。コーヒーの準備をしてくる。よかったらシャワーを先に浴びていてもいいし、コーヒーを飲んでから一緒に浴びるのもいいな」

佐賀の言葉に暁生は笑って頷く。情事のあとに一緒にシャワーを浴びるのは嫌いじゃない。互いの体に愛撫の痕跡《こんせき》を見つけるのは、セックスの余韻に浸れる甘い時間なのだ。

キッチンに立っていった佐賀を見送り、暁生はしばし気だるい体をシーツの中で丸めてまどろむ。そして、ふと思い出したようにベッドサイドに置いてあった携帯電話に手を伸ばし、消音にしたままのものを戻しておこうとした。

そのとき、モニターを見て一瞬ハッとする。何本も電話の着信履歴があり、メールもかなりの数が入っている。基弘からもあったが、なぜか杉原からもメールが入っている。他に驚いたのは代議士の谷脇の秘書から電話の着信履歴があったことだ。

シーツを捲《まく》り上げてベッドから飛び起きると、暁生は自分の洋服をかき集めるようにして身に着け、すぐに基弘に電話をする。留守番電話で出ないので、杉原にかけてみようかと思ったが、その前に谷脇に秘書にかけてみることにした。とにかくいやな予感しかしなかった。だが、谷脇の秘書の電話も話し中で出ない。少し時間を置いてかけ直したがずっと話し中だった。

（昨夜のうちに何か起きたのか？　だとしたら、何があった？）

心の中で呟きながらいろいろなケースを想像する。谷脇に何かあったのだろうか。まずは携帯電話でニュースサイトを検索して政治家絡みの記事が出ていないか探す。

検察が動いたような政治記事は何もない。谷脇はそういう意味ではクリーンなほうで、週刊誌などで目立ったスキャンダルを書き立てられたこともない。だったら健康問題だろうか。それもつい先日に基弘と会食をしているし、そのときの彼について健康問題などが話題になることはなかった。

着替えをすませて寝室を出る前に、念のため杉原にかけてみることにした。基弘と谷脇の秘書からの電話は同じ件だと思われるが、杉原はまったく別件でたまたまかけてきただけのような気もする。だが、もしかしたら何か知っているかもしれないという藁《わら》にもすがる気持ちだった。

数回のコール音のあと杉原が出たかと思うと、いつもは人を喰ったようなのんびりした口調の彼が少しばかり焦った様子で暁生にたずねる。

『石川くん、どこにいるの？　まずいよ。谷脇さんのところが大変でさ……』

「何があったんですか？」

『何がって、まだ聞いてないの？　まったく、君としたことがどこで何をしてたんだよ？』

半ば呆れたような口調のあと、杉原に教えられたのは谷脇の娘婿《むすめむこ》のことだった。

『昨夜、交通事故に遭って病院に救急搬送されたんだが……』

その先を言わなかったことですべてを呑み込んだ。同時に、携帯電話の音を消していたことを心底後悔したが、いまさらだった。

「社長は？」

『一緒にいる。たった今、谷脇氏の実家で焼香をすませてきたところだ』

「杉原さんが？」

『俺はたまたま昨夜もオフィスに泊まり込みだったからね。谷脇氏の秘書から石川くんがつかまらないって電話があって、俺のほうから社長に連絡を入れた。でも、俺は社長のプライベートの連絡先を知らないからさ、今朝になってやっと連絡がついたんだけど、昨夜のうちにこなかったのはまずかったと思うよ』

杉原はそこまで話したところで近くにいた基弘に呼ばれたのか、とりあえずそういうことだからと説明を終えて電話を切ってしまった。

自分の携帯電話を握り締めたまま、暁生は思わずベッドに座り込み頭を抱える。時間が巻き戻せるもなら、昨夜の自分の頬を引っぱたいてやりたい。よもやこんなしくじりをするとは、自分が信じられなかった。そこへ佐賀がコーヒーとイングリッシュマフィンのサンドイッチをのせたトレイを持って戻ってくると、携帯電話を握り締めたまま垂れる暁生の姿を見て怪訝な表情でたずねる。

「どうしたんだい？　何かあったの？」

そばまできて肩を抱き締めてくれる佐賀に、暁生は答える言葉が見つからなかった。

佐賀の部屋からそのままオフィスに行くと、休日にもかかわらずそこには基弘と杉原の二人がいた。杉原は暁生がくると、スミクラ科学についてのレポート作成の続きがあると言ってさっさと自分のデスクに戻っていった。

それは当然で、アナリストの彼が谷脇氏の娘婿の弔問《ちょうもん》に基弘とともに訪ねていく必要などなかったのだ。ただ、暁生が不在だったため基弘と一緒に谷脇家を訪問せざるを得なくなった。シロテックとしては誰よりも世話になっている政治家の谷脇なのだ。その娘婿がよもや不慮の事故で亡くなるなどとは誰も想像していなかったが、起こってしまったことは仕方がない。

ただ、政治家は面子《メンツ》を重んじる。こういうときこそいち早く弔問に訪れることが大事だったのだ。そういう意味で基弘は完全に出遅れてしまった。そのため一人で訪ねるよりはよかれと、たまたまオフィスに泊まり込みで残っていた杉原を連れていくしかなかったのだ。

基弘が谷脇に気に入られて可愛がられていただけに、こういうミスは恩を仇《あだ》で返したような印象になりかねない。谷脇の秘書が連絡をくれていたのに、携帯電話を消音にして情事にふけっていた暁生のミス以外のなにものでもなかった。これで谷脇の覚えが悪くなり、シロテックに与える影響は少なくないだろう。これから城山商事との経営権に関する交渉を始めようという難しいときに、あまりにもタイミングが悪すぎた。

「申し訳ありません。今回のことは言い訳はできません」

弔問から戻ったばかりの基弘はオフィスのデスクにいつもどおり座っているが、その表情はひどく冷めていてまるで暁生の知らない誰かのようだった。

そんな基弘からどんな叱責を受けても仕方がないと覚悟していた。なのに、基弘は声を荒げるでもなく小さく首を横に振っただけだった。

「休日なんだから、おまえがどこで何をしていようと勝手だよ。恋人と楽しんでいたからって、誰も責めることはできないさ」

「携帯電話を消音にしていたのはわたしのミスです」

起こってしまったことをいくら詫《わ》びても不毛なのはわかっている。それよりも今後の対策を考えるべきなのだ。なのに、このときの暁生はひどく後ろ向きな気持ちになっていた。そして、基弘もまた彼自身が抱えている問題に混乱していたようにも思える。

こんなとき人は必要以上に他人と接触しないほうがいい。どんなに親しい人でも距離と時間を置いたほうがいいときがある。一人になって冷静になれるまでひたすら息を潜め、自分を見つめるべきなのだ。なのに、二人は頭で考えていることとまったく違うことをしようとしている自分たちを止められずにいた。

「おまえらしくない……」

それはわかっている。

「彼はおまえにとって、それだけの男なのか？」

「どういう意味ですか？」

佐賀と一緒に休日を過ごしていたのは事実だが、今回の失態はあくまでも暁生の責任だ。佐賀にはなんの落ち度もないし、つき合っていた相手が彼だからというのは理論的に成り立たない話だ。

「ずいぶんと浮かれているようだが、入れ上げて自分を見失っていないかってことだ」

その言葉を聞いた瞬間、暁生の眉が持ち上がった。自分の失態を叱責されるのは覚悟している。だが、それが佐賀のせいだと言われるのは納得できない。恋人である佐賀を庇《かば》いたいという気持ちではなく、佐賀を選んだ暁生自身の選択を非難されていると感じたからだ。

他の誰かだったらどうかわからない。そもそも、佐賀のような男でなければ、自分がこの歳《とし》になってあらためて恋愛をしようと思ったかどうかもわからないのだ。

プライベートを捨て、仕事しか見ていなかった自分に心の安らぎを与え、幸せになってもいいと思い出させてくれたのが佐賀だった。彼はそれだけの魅力のある男だし、何よりもシロテックの経営権の件について基弘のために城山商事と戦ってくれる頼れる存在なのだ。

浮かれていたと言われればそうかもしれない。けれど、暁生がシロテックの存在を忘れたことなど一度もない。それを疑うようなニュアンスが基弘の言葉に感じられて、不愉快さが一気に込み上げてきた。自分に落ち度があって後ろめたいときほど、人は相手に対して攻撃的になってしまう。それは防衛本能によるものだとわかっているし、そうするべきではないことも頭では理解している。

けれど、この日の暁生は感情のコントロールができず、思わず目の前のデスクに思いっきり手のひらを叩きつけてしまった。

「浮かれていたらいけませんか？　だったら、あなたは自分を見失うことがないとでも？　彼女とのつき合いで何を悩んでいるのか知りませんが、自分自身のことに結論を出せずにいるのはあなたも一緒じゃないですか？」

「何が言いたい？」

「彼女と結婚したいのかしたくないのか、さっさと結論を出せないのはなぜです？　プライベートで自分に傷がつくのを怖がっているんですか？　シロテックの経営について、今が難しいときだということはわかっています。でも、それは独立当初からの計画だ。私生活と仕事を混同しないと決めたのはあなた自身でしょう。それなのに、今になって彼女との関係を理由にするなんてフェアじゃない」

「俺はそんなことは言っていない。俺が考えていることに彼女は関係ない」

「関係ない？　本当にそうですか？　だったらわたしも言いたい。佐賀さんのことは関係ない。今回の件はわたしの失態であって、相手が彼だったからというわけじゃない。対等につき合っているのであって、入れ上げているとか、そのせいで自分を見失っているなんて言われたくありませんね」

今日は休日でオフィスには誰もいない。杉原も自分のデスクに戻っているので、基弘の部屋で怒鳴り合っている声は聞こえていないはずだ。

暁生は言いたいことを吐き出してしまうと、思わず唇を噛《か》み締める。そんな暁生を見つめながら、基弘もまた苦悩に表情を曇らせていた。

彼のことならなんでもわかる。小さな不機嫌の種も、スイッチ一つでやる気に切り替えることができる。ときにはポーカーフェイスで相手を丸め込み、ときには感情をむき出しにして自分の意志の強さを知らしめる。巧みな計算と知恵を見抜ける者は滅多にいない。それは、基弘が本当に計算と知恵だけでやっているわけではないから。

基弘の中にあるのは、幼少期の抑圧によって培われた欲望。本当にほしいものを自分の心

の中で探し、ほしいものをほしいと言えるようになりたくてもがいているうちに、彼はそれが誰よりもうまく言えるようになった。そこにある彼の感情には何一つ嘘がない。正直な感情の発露だからこそ、人々は基弘の少年のような無邪気ともいえる欲望にふと好感を抱いてしまうのだ。

だが、そんな基弘の絶対的な魅力が通じない唯一の人間が暁生だ。通じないというよりも、彼のその素直な感情がどういう理由から出てくるのかを知っているのだ。

本来なら失態を犯した暁生が何を言える立場でもないとわかっている。けれど、思わず口をついて出た言葉はもう呑み込むことはできなかった。二人の間でひどく気まずい沈黙が流れた。雨上がりの湿度の高さの中で、濡《ぬ》れた洋服が肌を刺激するような不快感をともなった沈黙だった。

「おまえは俺のすべてを知っている人間だ。だが、俺はどうなんだろうな?」

「あなたはシロテックの社長であり、わたしのボスですよ。それ以上でもそれ以下でもない」

「そうか。だったら、おまえは俺のなんなんだ?」

「わたしは……」

どうしてわかりきったことをそんな辛《つら》そうな目で問いかけるのかわからない。暁生は基弘のすべてを知っているけれど、基弘が暁生のことを知らないのは当然だ。自分たちはそういう関係だから。

「わたしはあなたの秘書です。でも、ただの秘書ではありません。石川暁生ですから……」

ここまで一緒にやってきて、そんないまさらのことを問われるとは思わなかった。この三年の月日を振り返り、暁生はただ悲しみとも虚《むな》しさともつかない溜息を漏らすばかりだった。

第二章　〈過去における二人〉

振り返ってみれば、自分という人間はつかみどころがない。自分でさえそう思うのだから、人から見ればおそらく謎だろう。

（僕ってなんだろう……？）

暁生が最初にそんな疑問を抱いたのは小学校四年の頃だった。きっかけは特別なことではない。たまたまその歳に引越しと転校を経験して、これまでと違う環境に放り込まれたことがそもそもの始まりだった。

新しい学校で友達を作り、そこを居心地のいい場所にするためにはどうすればいいんだろう。それを考えるためには、まず自分が人からどんなふうに見られているのかを知らなければならないと思ったのだ。

転校初日、担任の教師に連れられて教室に入ったとき、新しいクラスメイトたちがひそひそと話している声に聞き耳を立てた。

『なんか女の子みたいだね』

『あれ、新しく出たばかりのスニーカーだよ。もう買ってもらったんだ』

『頭いいのかな？　ちょっと生白くて、ガリ勉っぽくないか？』

他にもあれこれ思いつくまま話しているのが聞こえたが、暁生の耳に残ったのはそんなところ。そして、そのどれも外れてはいなかった。

幼少の頃から母親に似た容姿のせいもあって、女の子のようだとよく言われていた。小学校に上がってからもそれは変わらない。転校した初日に履いていたのは誕生日に買ってもらったばかりの新しいスニーカーで、そのとき小学生の間で人気のデザインだった。そして、色は白かったし、勉強も苦手ではなかった。小学校に上がる前から両親の教育方針で幼児教育センターのような場所に通わされていたせいか、記憶したり考えたりすることは苦ではなくおもしろいと感じていた。

他人が見ている自分と実際の自分は大きくかけ離れてはいないらしい。だったら、そんな「僕」がみんなから嫌われないようにするにはどうすればいいか。転校してから二、三日はおとなしくしながら考えてみた。結果、それはそれほど難しいことではないと思った。

幸か不幸か、暁生は自己主張が強い少年ではなかった。一番になりたいとか輪の中心にいたいという感情は希薄で、どちらかといえば誰かのサポート役でいたり二番手の位置にいるのが心地よかった。

クラスでよくやらされたグループ活動や発表の際も、自らが表に出ることは好まない。それよりも自分が知恵を出したり、他の人が気づかないところで手を加えたりすることで、グループ全体の評価が上がることのほうがずっと楽しかった。

悪目立ちしないが、馬鹿にされないように能力を発揮する。苦手なことは苦手と認めて、助けてほしいと友達を頼る。その代わり自分にできることでちゃんとお礼をする。当時は宿題を教えてあげるのが一番手っ取り早い方法だった。

他にも、友達が先生に叱られるときは自分もやったと嘘の申告をして、一緒に叱られたりもした。一人で叱られるより二人で叱られるほうが心強い。そして、男というのは子どもでも成長してからも、そういう友情が好きなのだ。

もちろん、演技だけでやっていたわけじゃない。気の合う友達なら本気で助けてあげたかったし、辛い思いは共有してあげられたらいいと思っていたのだ。

おかげで苛めからは遠いところにいて、そういう意味で不自由を感じることはなかった。中学時代にはこの容貌のせいで女の子絡みで少しだけ面倒もあった。暁生が好きでもない女の子から告白をされて、その女子生徒を好きだった隣のクラスの男子生徒から睨《にら》まれて嫌がらせをされたことがあった。

そんなときもクラスメイトの男友達が守ってくれて、暁生はその女子生徒のことは好きでもなんでもないと誤解を解いてくれた。大人になってみればつまらないことでも、子どもの世界は狭くて残酷なのだ。些細なことで不登校になったり引きこもりになったりした連中を何人も見ていた。だから、高校で男子校の進学校に入学したときは、ずいぶんと気が楽になるのを感じたものだ。

女子がいないことで煩わされることがなくなった。そうはっきり感じると同時に、すでに暁生は自分の性的指向について認識していた。中学のときの淡い初恋とは違い、高校でははっきりと性的に興味を持つ同性に出会った。

(僕って、やっぱりそうなんだ……)

この歳になると感想はそんなものだった。どうしたらいいんだという困惑はさほどなく、ましてこの先どうやって生きていけばいいんだろうなどとは微塵も思わなかった。ちょっと考えたことがあるとすれば、一人息子でありながら、両親に孫を抱かせてやることができないことが申し訳ないと思ったくらい。

その代わり自分のできることで両親を喜ばせるしかないと思った。とりあえず、進学校に入ったし成績は悪くなかった。現役で志望大学に合格してそれなりの成績で卒業証書を手にしたのち、就職氷河期と言われていた時期に一流企業として名の通っている城山商事から早々に内定をもらった。

両親は大いに喜んでいたし、親戚《しんせき》縁者にも鼻が高かったようだ。暁生も子どもの頃からの親の期待にきちんと応えることができて、自分なりに満足はしていた。

ただし、自分の親孝行はここまでというのが本音だった。きっとこの先、自分は両親の望むような人生は歩まないだろう。それを理解してくれと言うのは難しい。だから、どうにか彼らを傷つけないで、なおかつ自分の生き方を貫いていくしかないと思っていた。

そして、幼少の頃に抱いた疑問にもすでに暁生は一つの答えを見つけていた。

(僕はそういう人間だ。僕は石川暁生なんだな……)

できれば生きがいも愛もほしい。そのどちらにも相手が必要だから、まずは自分のための特別な誰かを見つけなければならない。それが暁生にとっての重大な次なる目標で、目的だった。


暁生が就職先として城山商事を選んだのは、両親が喜ぶからという理由だけではない。それ以上に自分なりの目的があり、求人のあった企業の中では最も広い可能性があると思ったからだ。

実際、中に入ってみれば、不況の時代の就職活動に勝ち抜いただけあって優秀な人間が集まっていた。他の競合する商社に比べて能力主義で評価されるのも気に入っていた。社員の誰もが切磋琢磨《せっさたくま》して上を目指すところなら、自分が求めている「誰か」がいるかもしれない。

そんな期待に胸を膨らませていた暁生が配属されたのは、城山商事では花形部署と言われているエネルギー開発部門だった。エネルギー開発の事業のほとんどが海外との取り引きで、間に挟む企業があっても外資系企業だったため、何よりも重視されたのは語学力だったのだ。

暁生の配属には卒業大学や成績も考慮されただろうが、英語の実力も大きくものをいったのだと思う。学生時代から英語には力を入れていた。留学経験こそないが、国内にいてもネイティブ並みに話せるようになることは難しくない。要は己の努力次第ということだ。

配属された部署で、最初の三年間は中東の水事業のプロジェクトに加わって仕事をした。やりがいはあった。中東という日本とはあらゆるものが違う世界とのビジネスには学ぶことが数多《あまた》とあった。さまざまな刺激を受けながら、暁生が自分自身を成長させることに余念がないその頃、同じ部署に新たに配属されてきたのが城山基弘だった。年齢は三十二歳。まだ若いがやり手だという噂だけは耳にしていた。この部署にくる前には電子通信部門にいたという。

城山商事では入社当時に配属された部署からまったく違う部署に異動させられることは少ない。その部署の専門家を育てていくというのも城山商事の特徴だったのだ。そんな中で城山基弘という男は数年ごとに部署を移っているという。なので、この部署でも数年の勤務かもしれないと暁生の上司も言っていた。なんとも奇妙な話だった。そう思ったとき、すぐに気づいたのは彼の名前だ。「城山」は企業名と同じ。

そのときはもしかしてと思うくらいで、深く考えることはなかった。配属された城山基弘は特別な肩書きは持っていなかったが、新しく立ち上げたばかりのプロジェクトで実質的にはマネージャーとしての役割で加わることになった。どれだけ優秀なのか知らないが、昨日今日でいきなりエネルギー開発のプロジェクトに参加したところで何ができるわけでもないだろうと内心嘗めていたのは事実だ。

暁生が中東の水事業から新しく組み込まれたのは北米の油田開発のプロジェクト。アメリカの大手企業との共同開発事業だ。まずは新しいマネージャーのお手並み拝見といこうと思った。

ところが、城山という男は驚くほどに有能だった。まるで何年もこの部署にいたかのように、諸々の事情に詳しく、プロジェクトの方向性や今後抱えることになる問題点に関してもしっかり把握していた。そのうえでどのような姿勢でチームがかかわっていくべきか、全員の意見を汲《く》み上げて綿密にその方針を立てる。

仕事量は相当なものだと思う。だが、彼はそれを不平不満の一つも漏らさず黙々とやりこなしていた。そばでその仕事ぶりを見ているとき、暁生は自分でも知らぬ間に身震いを覚えていた。

(この人はなんなんだ……?)

こんな男は今まで出会ったことがなかった。抜群に知能指数が高いことはわかる。大学時代も社会人になってからも、頭がいい人間には何人も出会ってきた。ただ、彼は違うのだ。優秀な頭脳を使う術《すべ》を知っているといえばいいのだろうか。

彼は一を聞いて十を理解する。理解しただけでなく、動くべきか様子を見るべきか見極める力がある。攻めるときと守るときのタイミングを絶妙に読んで指示を出してくる。これまでいくつかの部署で働いてきたというが、そのときの経験のすべてが彼という人間に染み込んでいるようだった。

城山基弘という人間のおもしろさはそれだけではなかった。彼の苗字《みょうじ》がやはり大きな意味を持っていた。社長の息子が在籍していることは知っていた。だが、その人物は噂で聞いているかぎり営業第一課の戦略室にいて、年齢もすでに四十代半ばのはず。

城山商事は従業員数が国外勤務や関連会社の者を含めれば約三千名。本社と連結子会社の国内外のネットワークは、食品、繊維、資材、化学品、エネルギー、金属、機械、金融、物流、情報関連など多岐に渡り、多角的経営によってその部署の数もかなり細分化されている。

部署によって本社ビルで使用している階数も違う。直接顔を合わせたことのない社員のほうが多いくらいで、暁生も入社してから社長の息子と言われている人物に会ったことはなかった。ただし、社長の息子が二人いたと聞けば、同じ部署にいる城山基弘の存在について新たな興味を持つのも当然のことだと思う。

「城山マネって、やっぱり社長の息子らしいよ」

そんな話を暁生の耳元で囁いたのは、同じプロジェクトでリサーチを担当している一年先輩の社員だった。

「本当ですか？　でも、息子さんは戦略室に所属しているはずじゃ……」

「そっちは正妻の息子のほう。うちの城山マネは愛人が産んだ息子らしい」

その日の打ち合わせが始まる前に先に入っていた会議室で耳打ちされたとき、驚きはしたがそういう事情かとすぐに納得した。

その日は北米の共同開発を行っている企業との打ち合わせで電話会議だったが、プロジェクトのメンバー全員がテーブルに着いてからいつもどおり城山を中心に進めていく。今月の事業の進行状況の報告ののち、来月の予定を確認して、最後に質問があれば発言して各担当者がそれに答える形になる。当然ながらすべて英語による打ち合わせだった。

このときのプロジェクトは某国の沿岸沖の海底油田開発と原油・ガス洋上生産に関する共同開発であり、生産後の処理設備及び輸送、配給に関してインフラの整備の進行具合について、暁生もいくつかの質問をした。会議内で解答が得られない場合は、それぞれ担当者が持ち帰って後日正式な返答をメールで資料を添付して送ることもある。

先方からの質問に明確な解答を用意しておかなければならないので、それなりに準備を必要とするし、誰もこういう会議の場で宿題を持たされたくはない。そのため若手には特に緊張を強いられる会議になるのだが、暁生は今のところ大きなミスもなく、また厄介な宿題を持たされるようなこともなかった。

むしろこの日は先方に出した質問に対して返ってきた数値に疑問があり、その点を指摘して相手に宿題を持たせた形で会議を終えた。

全員が緊張から解放されてそれぞれ自分のデスクに戻ろうとする中、暁生は城山に声をかけられた。彼がこの部署に移ってきてから三週間ばかりが過ぎていた。同じプロジェクトに携わって何度も言葉を交わしていたが、個人的に呼び止められたのは初めてだった。会議のあとだけに少し緊張したが、城山の表情は穏やかだった。

「いい質問だったな。あの数値については、君が言わなければわたしのほうから確認しようと思っていた」

さっきの質問について褒められたことで、内心安堵《あんど》の吐息を漏らしていた。そして、このとき城山と面と向かってしばらく会話したのだが、あらためて彼という男をじっくり観察する機会となった。

長身で人目を引く美貌だ。男性の美貌には異性を引きつけるタイプと同性を引きつけるタイプがあると思う。中にはどちらの性からも好まれるタイプがいる。彼はあきらかに双方の性にアピールする容貌だ。

整った目鼻立ちと意志の強さを表す太い眉。切れ長の目はときに鋭く相手を見つめ、ときに柔らかく目の奥で微笑む。けっしてソフトな語り口調ではないけれど、そこには彼の実直さが滲んでいて嫌いになれる人は少ないだろう。それに、厚い唇が流暢《りゅうちょう》に英語を語るときなど独特の色気があって、海外と電話中の彼に女性社員が見惚《みと》れる姿は珍しくない。

能力主義の企業だから、彼の年齢でもこのポジションならそれなりの年収を得ているのはわかる。独身で趣味がモータースポーツだということも、女性社員たちが噂しているのを聞いた。車はポルシェらしい。どの年代のどのクラスのものかわからないが、そのあたりに社長の息子という裏づけを見出すことができた。

また、身に着けているものも洗練されていた。スーツは比較的落ち着いたデザインのものを仕立てている。ネクタイや靴はＴＰＯによって使い分けている。時計もそうだ。普段は遊び感覚のスポーティーなものやヘビィデューティーなものをビジネススーツに合わせていたりする。だが、重要な客と会うときなどは桁《けた》の違うドレスウォッチを着け替えている。

それを自然に誰も見ていないところでやってしまう。おそらく気づいているのは同じ部署でも暁生くらいだろう。女性では気づかないような部分も同性なら気づくことは他にも多々あった。

彼を表現する言葉として、まず人は頭脳明晰《めいせき》で美貌の持ち主であることをあげ、隙《すき》のない人間だというだろう。そして、その理由を特別な出生に求めるのは簡単なことだ。だが、それだけではない。もっと複雑なものが彼の中にはあるように思ったし、もっと生身の人間くさい部分もきっとあるはず。暁生はそういう表にはあまり出てこない彼を知りたいと思った。

「石川くんはなかなか優秀だと聞いているよ。目立つことはしないが、確実にポイントを押さえておくタイプか？　今日の質問もそういう類《たぐい》のものだったな」

「恐れ入ります。あえて自己分析をするなら、日陰を好むタイプです。ただし、わたしがいないと日向《ひなた》の人間が困るという存在を目指しています」

表に出るのは人に譲るが、だからといって自己主張がないわけではない。自分がいなければ表に出る人間が困る。それくらいの力をしっかり秘めている人間になりたいと思っている。

「日陰」という言葉の選択に深い意味はなかったが、そのとき彼の母親が社長の愛人だという話が脳裏に過ぎり、自分としたことがしくじってしまったかと一瞬焦った。

城山と初めて向き合って話して、柄にもなく少し緊張してしまったのかもしれない。だが、彼の反応は暁生が予期せぬものだった。少し目を見開いたかと思うと、いきなり声を上げて笑い出したのだ。

彼がこの部署にやってきてからこんなふうに笑う姿は初めて見た。どこか屈託のなささえ感じる笑顔で、素の彼が垣間《かいま》見えたような気がした。そして、彼は暁生の肩を軽く叩くと、耳元に少し顔を近づけて言った。

「今度飲みに行くか。もし部署の人間とは飲まない主義なら無理にとは言わないがね」

暁生にそんな主義主張はないので、笑顔で頷いた。

◆◆

「わたしの知っている店でいいか？」

城山が言ったので、暁生はそれでいいと頷いた。飲みに誘われたのはてっきり口だけの社交辞令かと思っていた。だが、翌週になって金曜の夜は空いているかと聞かれて、驚きながらも大丈夫だと答えた。

正直、彼の誘いに浮かれていたと思う。当日になって一緒にオフィスを出たとき、他に誘っている者はおらず、本当に二人きりで飲みにいくのだとわかり安堵とさらなる興奮がじわじわと込み上げてきた。

彼には聞きたいことがいろいろとある。というのも、彼はもしかしたら自分の探している男かもしれないと思っていたからだ。暁生が探している人間とは、自分がその人のために「役に立つ存在」になろうと心から思える誰かのこと。

就職してから与えられた仕事に向き合ってきて、多くを学びながら人間関係についても研《けん》鑽《さん》を積んできたつもりだ。そして、三年目にして就職のときに城山商事を選んだ理由を、城山に出会い思い出したのだ。

連れられていったのは地味な店構えの小料理屋だった。昔からの知り合いの店だというそこは、自分たちの母親くらいの年齢の女将が切り盛りしていて、妙に落ち着ける空間だった。天然木の一枚板のカウンターに椅子がゆったりとした間隔で六席。壁際に四人掛けが二席あり、まだ早い時間だったので客はカウンターに三人ばかり。二人客と、一人で飲みにきている客だった。

以前は銀座でバーをやっていたという女将だが、いつしか客に自分の作った美味《おい》しい料理を食べさせてあげたいと考えるようになり、五年前にこの店を開いたのだという。

「お知り合いを連れてくるなんて珍しいわね。でも、若いお客様なら大歓迎よ」

着物の伊達襟《だてえり》を指先でついっと撫でながら、女将は艶《つや》っぽい声で言った。城山が言うには、こんな小さな店なのに、銀座時代に懇意になった社会的地位のある客がお忍びで飲みにくるらしい。だったら、城山はどうしてこの店を知ったのだろう。父親である城山商事の社長が彼女の店の常連で、その関係からだろうか。だが、そうではないことを暁生がたずねる前に城山のほうから説明してくれた。

「女将はわたしの母親の古くからの友人でね。気心が知れているので、彼女の店でなら安心して飲めるんだよ。だから、ゆっくり話したい相手がいるときはこの店に誘うことにしている」

「わたしは基弘さんの第二のお母さんみたいなものですからね。そちらのテーブル席を取っておいたからどうぞ。お飲み物は何がいいかしら？　お連れ様も飲める方かしら？」

女将が気を利かせて二人を店の奥の四人掛けのテーブルの一つに案内してくれる。週末でこれから込むだろうから恐縮したものの、城山は気にしなくていいと笑う。どうやら気心が知れた仲というのは言葉ばかりでなく本当らしい。

席について料理はお任せにしておき、酒も適当に持ってきてもらうことにした。こういう店では自分の主張をするよりまずは出してくれるものを味わえばいい。そして、少しずつ自分の好みに合わせて微調整をしていきながら、心地いい場所にしていくのがよいのだろう。

「面倒は苦手でね。それぞれ手酌でやろう」

城山が言うので、お通しと酒が並んだところでそれぞれの盃《さかずき》を持ち軽く乾杯した。まずはそれで口を湿らせると城山が話の口火を切った。それも思いがけないところから自分の懐を開いて見せてきた。

「女将が母親の知り合いってことで、もうおおよそは想像がついていると思うが、わたしの母親も夜の商売が長かった人でね。社長でわたしの父親にあたる城山隆弘とは銀座の店で知り合っているんだ」

そのことは飲んで少し会話が進んだあたりでたずねるかどうか判断しようと思っていた。なのに、彼のほうからそうこられて暁生のほうが面喰らった。

「ずいぶんといきなりですね」

「べつに隠していることでもない。誰も聞かないから話す機会がないだけでね」

「わたしもまだ聞いていませんが……」

「どうせそのことも聞きたいと思っていたんだろう?」

そう問われたら違うと言うつもりもない。

「一緒に仕事をしていくうえで必要な情報なら知りたいと思います。なので、場合によってはたずねるつもりでした」

「君は正直だな。誠実なふりをして嘘をつく人間はいやというほど見てきたが、上っ面のことを言っていると見せて本音を言う人間は珍しい」

その言葉にも、暁生は内心またやられたと思っていた。この人はこれまで出会った誰とも違う。酒を飲んでも流されて話してはいけない。好奇心で彼という人間を探るのではなく、きっちりと向き合って彼がこの機会を設けてくれた真意を汲み取らなければならないと思った。

城山の出生はほぼ噂どおりで、彼は城山商事の二代目で現社長である城山隆弘の息子である。母親は銀座の店に勤めていた岸根舞《きしねまい》というホステスだった。なので、営業一課にいる城山幸弘とは異母兄弟ということになる。

そこまでは暁生が想像したとおりだったが、彼が城山商事に入社した事情は意外な経緯だった。そもそも彼はずっと母親と生活しており、父親とは小学校の頃に定期的に会っていたが、その後は疎遠になっていたという。

「養育費はもらっていたし、城山の籍にも入れてもらっていたんで何不自由なく生活していたんだがね」

それでもシングルマザーの家庭で育ち、なおかつ母親は彼が大学を卒業して就職後もしばらくは夜の商売を続けていたのだ。

「大きな声では言わないが、そう悪いものでもない。ここの女将も母親代わりだったように、母親の働いている店の女性たちにはずいぶんと可愛がってもらっていた。経済的に苦しくて半ば育児放棄しているような無責任な両親に育てられている子どもよりは、いろいろな意味で満たされていたと思うね」

そんな彼は子どもの頃から利発だったようで、地元の公立高校から国立大学へ現役で入っている。そればかりか、城山商事にも一般の新卒として入社試験を受けて入っているというのだ。

「本当ですか？　なぜそんなことを？」

父親を見返そうとか、あるいは反対に母親と自分の生活の面倒を見てくれたことに恩返しをしようとか、何か特別な思いがあったということだろうか。

「能力主義で給料がよかったから。他にもいくつか受けた企業で内定をもらっていたところもあるが、最終的に城山商事に決めた」

「社長は驚かれたんじゃないですか？」

「履歴書を見て、人事担当が驚いて社長室へ持っていったらしい。父親から電話がかかってきて、すぐに面接にこいと言われたよ。他の企業の面接を受けにいく途中だったのに、急《きゅう》遽《きょ》予定を変更せざるを得なくなって文句を言ったらその場で内定を言い渡された。そういう意味では縁故採用ってことになるかな」

城山はまるでコメディ映画の一シーンのようにそのときのことを語り、笑って酒を飲んでいる。その間に料理も次々と運ばれてきて、テーブルの上には一工夫された一品が凝った器に盛られて並ぶ。それらを摘《つま》みながら城山は酒を飲み、巧みに間を取りながら話を続ける。暁生もまた料理と酒を楽しみながら彼の話にじっと耳を傾けていたが、やがて心の中でなんとも言えない手応えを感じていた。

そのときの暁生は、学生時代からずっと感じていたジレンマが解消されていく快感を味わっていたのだ。自分より利口な人間にならら会ったことはある。大学時代でも社会に出てからも、頭脳が明晰であることに関しては突出している者はいた。けれど、そういう人たちは残念なことにそれを利用する方法を知らない場合がほとんどだった。なのに、城山基弘は違う。彼は素晴しく切れる頭脳を持ち、一般社会でそれをうまく利用し生きていく術を知っている。まさに暁生が探していた、「いそうでいない」そんな人間ではないかと思った。

「それで、石川くんはどうして城山商事に入社したんだ？　ちなみに面接官のようなつまらない質問かもしれないが、君という人間を知るきっかけとして聞いているだけだから」

一通り自分のことについて語ると、今度は暁生についてそう質問を切り出した。彼はきっかけだと言ったが、実はそれは暁生という人間を語るための核心部分に触れている。彼は知ってか知らずか、ストレートにそこを突いてきた。

「わたしは……」

正直に言うべきかどうか迷った。だが、彼なら理解してくれるだろうと思った。

「わたしは人を探すために、可能性の高そうな企業として城山商事を選びました」

「人を探す？　誰か特定の人物かい？」

「いえ、そうではなくて自分が必要として、自分を必要としてくれる人を探しているんです」

これで伝わったとは思わない。だが、しばらく沈黙のあと城山はわずかに首を傾《かし》げてみせて、手にしていた日本酒の盃をテーブルに置いた。

「もしかして、この間言っていたことかな？　日向の人間に必要とされる存在でありたいという……」

ハッとして顔を上げて向かいに座る城山の顔を凝視した。あの言葉と今の言葉をすぐにリンクさせたことは強引ではない。だが、彼の目が何か楽しいものを見つけたように微笑んでいるのがわかって驚いたのだ。

「なるほどな。そういうことか。君はおもしろいな。やっぱり、いそうでいないタイプだ」

その言葉にもまた目を見開いた。「いそうでいない」というのは暁生が城山に対して思っていたことだ。だが、彼もまた暁生をそう表現した。

「上に立つより誰かのために働くことで、自分の力を発揮できるという人間はいると思う。

けれど、君のように本気でその誰かを探そうとしている人間は初めて会ったかもしれない」

そう言うと城山は自分で酌をした盃を持って、それを一気に飲み干した。そして、暁生をもう一度真《ま》っ直《す》ぐに見るとたずねる。

「で、どうだ？　君にとっての誰かは見つかりそうか？」

暁生は自分の興奮を抑える意味で、城山と同じように自分で酌をしてそれを飲んでからわずかに笑みを浮かべてみせた。

「どうでしょうか。でも、可能性はあると思っています」

初めて二人きりで飲んだ夜、暁生は自分が城山商事を選んだことは間違いではなかったと確信していた。


城山基弘の母親である岸根舞という女性は、三十数年前は銀座で伝説のホステスだったそうだ。

「それはもうハッと人目を引くモダンな美人だったわ。でも、それだけじゃないの。頭がよくて客のどんな話題でも上手に受け答えができるの。それもそのはずで、みんなが眠っている時間にずっと本を読んでいるんだもの。お金が貯《た》まったら大学に行くって言っていたわ。

夢みたいなことをと周囲は笑っていたけど……」

城山と初めて一緒に飲みにいった小料理屋の女将は彼の母親のことをそんなふうに言っていた。店の客だった城山隆弘と出会ったのが二十四歳のとき。城山はすでに結婚もして息子もいたが、彼女に夢中になる自分を止めることはできなかったのだろう。

彼女もまた、城山の紳士的できめ細やかな愛情に心惹かれたのは無理もない。貧しい地方から都会に出てきて、自分で稼いだ金で大学に進学したいと頑張っていた若い女性だ。どんなに知的で意志が強くても、心が折れるときもあっただろう。

やがて城山隆弘と岸根舞は心と体を通わせて、基弘が生まれることとなった。妊娠は予期せぬ出来事だったのかもしれない。なぜなら、それによって彼女は大学へ入る夢を諦めざるを得なくなったからだ。

城山隆弘は生まれた子どもを認知したが、彼女は基弘を手放すことだけは断固拒んだ。城山の正妻も愛人の産んだ子どもを城山の家で育てるのは快く思えなかったのだろう。ただし、社会的地位と財産を持つ夫の女性関係について寛容な部分もある女性だったようだ。愛人と子どもの生活を面倒見ることについては、いっさい文句は言わなかったという。

「小学生の頃までは、父親とは一ヶ月に一度くらい会っていたかな。その後は思春期や反抗期もそれなりにあったし、高校に入ってからはバイトと遊びに追われていたし、父親もなにしろ多忙な人だからな」

基弘と父親が直接会う機会は成長とともに減っていったが、母親は銀座から少し離れた場所に自分の店を持たせてもらっていて、そこへは定期的に飲みにきていたらしい。

その彼女も基弘が就職した数年後に水商売から完全に引退して、今では東京の奥地で気ままなスローライフを送っているという。店をたたんで蓄えもできていたし、城山からの援助も続いているようで、そういう意味では誠実に彼女を愛して、今でもその愛情は消えていないということなのだろう。

基弘も母子家庭で育ったとはいえ、経済面での苦労はしていないと認めている。高校時代のバイトも好奇心と社会勉強のためであり、金が目的ではなかったようだ。また、大学に入学したときには父親からクレジットカードが送られてきて、好きにつかえばいいと言われたという。

「バイクや車なんかは異母兄と差がつかないようにと、ほしいと言えば買ってもらえた。異母兄もけっこうな車道楽だから、俺のほうもねだりやすくてその点は助かったな」

彼が城山商事の一社員でありながら、高級車を愛車にしている理由がわかった。社長の城山隆弘の車好きも業界では有名な話なので、どうやらこれは血筋らしい。世間で想像する「愛人の息子」という不幸そうなテンプレートは、彼の場合まったく当てはまることはなく、むしろ過分に恵まれていたと本人も言っていた。

少なくとも経済的にはそうかもしれないが、世間的にはいろいろと人とは違う苦労はあったと思う。ただし、城山基弘という人間はそういう逆境に挫けるほど弱くもないし、反対に増長して放蕩《ほうとう》に走るような愚か者でもなかったということだ。

晩生が彼と初めて飲みにいってからというもの、二人の関係はごく自然な形で急速に近づいた。基弘は人好きがするという気さくな印象の男ではないが、だからといって気難しくとっつきにくい人間でもない。ただ、その出生のせいで周囲が勝手によけいな気遣いをしてしまう傾向はあった。

さらに彼は社内でいくつもの部署を渡り歩いていたため、入社のときの同期とも自然と距離が空いていた。そんな中で晩生だけはなぜか城山との間に高い壁を感じることはなかった。それどころか会話を重ねるごとに妙にウマが合うことを実感して、晩生の城山基弘に対する好奇心はそれ以上の「何か」に変化していった。

同じ部署の同じプロジェクトで仕事をしながら、晩生はいつしか彼のアシスタント的な仕事を多くこなすようになっていったのも必然のようなところがあった。プロジェクトの油田の視察や共同開発のパートナーである米国企業との打ち合わせのため、一緒に北米に出張に出ることもあった。

一年が過ぎた頃には彼が出勤してきて晩生に視線を投げてきただけで、何を必要としているのかおおよそ理解できるようになっていた。もともと洞察力や観察力には抜きん出たものがあったが、基弘という男のそばにいるとそれらをフルに活用することを求められる。そして、そうすることが暁生には楽しかった。

これまでになく仕事に緊張感があっておもしろい。求められるものはすべて整えてみせる。求められる前にそれらを準備しておく。城山基弘と出会ってからというもの、暁生は水を得た魚のような気持ちで仕事に打ち込んでいた。

そして、この部署で出会ってやはり一年後のこと。二人は初めて肉体関係を持ったのだった。

◆◆

基弘《もとひろ》は暁生《あきお》と違いバイセクシュアルだ。女性も抱けるし、男とのセックスにも抵抗がない。過去につき合った男女の数はほぼ同じだという。

「覚えたての頃《ころ》は女ばかりで、大学では男ばかりだった。働くようになってからは女性に戻ったが、長く続いた相手はいなかったな。仕事のほうがおもしろくなってきたし、こういう歳《とし》になってくると女から結婚の話が出るようになるのが面倒でね」

「結婚はしたくないんですか？」

「今はおまえを抱いている俺に聞くのか？」

基弘は情事のあと、冷蔵庫から持ってきたペットボトルのミネラルウォーターを飲んで笑いながら言う。

「男を抱くのと結婚は別という人もいるでしょう。それに、事情はあっても基弘さんは城山《しろやま》の人間ですしね」

嫌味ではなく、愛人の子どもとはいえ「城山」の名前を名乗っているのだから、社長にも父親としての思いがあるだろう。そろそろそれなりの相手と身を固めて、異母兄である幸弘《ゆきひろ》をサポートしてもらいたいと思っているのではないだろうか。

だが、基弘は苦笑とともにベッドに戻って、裸の暁生の背中を撫《な》でる。出会った瞬間から何か惹《ひ》かれるものがある男だった。何よりその美貌《びぼう》は、同性にしか恋愛感情を抱《いだ》けない暁生の気持ちを大いに刺激した。

美人だという母親に似ているらしいが、入社式で遠目で見た城山商事社長の城山隆弘《たかひろ》の面影もけっこう色濃い。暁生も母親似だと言われているが、どこか女性的な印象が拭《ぬぐ》いきれない。だが、凛々《りり》しい印象が強い基弘の場合は、両親の遺伝の配合が絶妙だったのだろう。

そんな男がバイセクシュアルであると知り、プロジェクトの区切りがついた解放感から一線を越えたときは素直に嬉《うれ》しかった。まるで高校生のときに密《ひそ》かに恋心を抱いていたクラスの男子生徒から、「キスしてもいいか？」と聞かれたときのような気分だった。

もっとも、大人になればやることはキスだけではない。体を重ねてみれば基弘はとてもいい。容貌について人の好みがさまざまなように、セックスにもそれぞれの好みがある。基弘のセックスは普段のクールさに相反してかなり情熱的だ。とにかく、その瞬間は淫《みだ》らになって貪《むさぼ》ることを楽しむタイプだった。

暁生はベッドの中でもどちらかといえば相手に合わせることを好む。なので、強引なくらいのリードがあると自分でも思っている以上に解放されて、それがすごく新鮮に感じられた。テクニックについては女性に手ほどきされてきた感じがわかる。母親が夜の商売だったため、彼女の知り合いの女性たちにも可愛《かわい》がられていたという。本人はあの小料理屋の女将《おかみ》も含めて母親が三人も四人もいたような感覚だと言っているが、実際はそういう女性たちに性的なことも学んできたのだろう。

手馴《てな》れた女性たちに教わってきた成果なのか、相手を喜ばせることと自分が気持ちよくなることのバランスがいいのも特徴だ。そういう彼とのセックスでは、暁生も自分が抱かれている快感と与えている快感を同時に味わうことができる。暁生はそれによってこれまでにない大きな満足を得ることができた。

「色が白いほうだと思っていたけど、裸の背中は本当にきれいだな。女性が嫉妬《しっと》しそうな肌理《きめ》の細かさだ」

基弘がそう言いながら、うつ伏せになっている暁生の背骨に添って指先を上下させる。一度果てた股間《こかん》だが、わずかな刺激でまた反応しそうになる。小さく声を漏《も》らすと、基弘がさらに唇を肩甲骨に押しつけて、指先を双丘の間に滑り込ませていく。

「んぁ……っ」

「まだ、柔らかいな。いい具合だ」

水を飲んだばかりで濡《ぬ》れた唇を嘗《な》めながら言う姿はひどく淫らで、暁生の心は微塵《みじん》の抵抗もなくそそられていく。彼の指先の動きが二度目の情交を誘っているのを、体は素直に喜んでしまう。

「水を……。水が飲みたい」

もう一度抱き合う前に暁生も水が飲みたかった。すると、基弘が暁生の体を返して、自ら口に含んだ水を口移しでくれる。

「もっと、もっとほしい」

本当に渇いた喉にはそれだけでは足りなくて、基弘が持っているペットボトルに手を伸ばすと、彼が片手にしているそれをすっと遠ざけてしまう。意地の悪い態度にムッとしたように睨《にら》むと、彼が自分の股間を暁生の口元に差し出してくる。水が飲みたければまずは彼自身を銜《くわ》えろということらしい。

「×××」

口汚い英語で罵《ののし》った。けれど、口元には笑みが浮かんでいる。基弘はベッドヘッドに背中をあずけて足を投げ出して座る。一度体を起こした暁生は四つん這《ば》いになって、彼の股間に顔を埋《うず》めた。

大きさも形も悪くない。口に銜えるとたっぷりとした重量感を味わえる。息が苦しくなるほど深くそれを銜え込み、あらたな先走りを舌先で嘗めてやる。回復が早いのも基弘の特徴だ。充分な大きさになったところで顔のすぐ横にコンドームが差し出される。

受け取った暁生は口でその袋を破り、中身を出して基弘自身に被《かぶ》せてやった。そこまでやってようやくご褒美とばかりペットボトルを目の前に持ってこられる。だが、それを手に取ることは許されないまま口を開けろと合図をされた。

暁生は四つん這いのまま顎《あご》を持ち上げるようにして口を開いた。ペットボトルの口から水がそっと流し込まれて喉《のど》を鳴らして飲んでいたが、やがて口に溢《あふ》れて咳《せ》き込んでしまう。そんな暁生の口からこぼれた水を手で拭い、唇が重なってきて舌を絡ませる。

なんて淫靡《いんび》な遊びなんだろうとうっとりさせられる。基弘とのセックスの楽しさの一つはこういう演出だと思う。そして、このあとには蕩《とろ》けるほどに丁寧《ていねい》な愛撫《あいぶ》をくれる。体を繋《つな》いだときには充分な快感を与えていることを確認してから、自分もちゃんと楽しんで果てる。

体を重ねるとともに彼という人間の複雑さと明快さがじょじょに理解できるようになった。理解するほどに彼という男はおもしろい。一緒にいると自分の中にあってずっと出口を求めていた何かが解放されるような気がするのだ。

「あっ、ああ……っ、いい。もっと奥まで突いて……っ」

両膝《りょうひざ》を持ち上げられ、あられもない姿で後ろを突き上げられて暁生が身も世もなく啼《な》く。職場での切れるように鋭い基弘と、プライベートでの放縦で純粋な部分を垣間見《かいま》せる基弘。どちらもが暁生を夢中にさせてくれる。

今夜も二度の情交に溺《おぼ》れて、やがて二人は気だるさに包まれながらシーツの中でまどろみへと落ちていく。この瞬間は満たされているけれど、この先はどうなるのだろう。仕事の充実と肉体関係の満足の傍らでまだ何か探し続ける自分がいる。

(何がほしかったんだろう？　誰かを探していたはずだけど……)

基弘に出会って見つけたような気もするけれど、その先のことはまだ何もわからない。生きがいも愛もほしいと願っていて、それを見つけたら自分の人生が開かれると思っていた。基弘はそういう存在にとても近いと思う。けれど、まだ何かが足りないような気がしていて、暁生の心の中には未《いま》だ曖昧《あいまい》な不安が燻《くすぶ》っているのだった。

「実際、城山マネはすごいよ。もしかして正妻の息子より優秀なんじゃないの？」

「そうだとしても、跡継ぎにするわけにいかないだろ。でも、適当な子会社は任されるんだ

ろうな」

部署内でそんな言葉を耳にすることがあった。一度や二度ではない。また、未婚の女子社員で基弘に露骨にアプローチする者もいた。社長の愛人の息子であっても認知されて「城山」の苗字《みょうじ》だし、企業内でもそれなりの扱いを受けている。ビジネスマンとしてのセンスや実力があるのは周知の事実で、基弘の将来性を買っている人間は少なくないのだ。

ただし、本人と企業にはそれぞれの考えがある。基本的に最初に配属が決まると、城山商事では本人の強い志望か会社側からの意向があった場合を除いて大きな部署異動はない。だから、入社以来いろいろな部署を数年置きに異動している基弘はあくまでも異例なのだ。

城山商事は正妻の長男である基弘の異母兄《あに》が継ぐとして、基弘は最終的にどの部署に落ち着かせればいいか考えてのことだと思う。

今週いっぱいは北米に出張中の基弘だが、暁生にはビジネス上の連絡以外にも個人的な連絡が入っている。帰国は明後日の土曜日の午後だというので、暁生が車で空港まで迎えにいくことになっていた。これは業務ではなく、プライベートでのこと。

そのまま彼のマンションに行って週末を過ごす予定だ。できるだけ夜更かしをして、セックスで疲れきって爆睡して時差ボケを調整するのはいつものことだ。こういうときに必ず暁生を呼び出すということは、今現在彼がつき合っている女性がいないのは間違いないだろう。

先日もセックスのインターバルで過去の恋愛遍歴をなにげなく話していて結婚の話も出た

が、基弘は苦笑を漏らしていただけだ。結婚について積極的でないのは、出生や家庭の事情がまったく影響してないとは言えないと思う。愛人の子どもとして生まれ、少々特殊な環境で育ったこともあり、いざ自分が結婚したらどんなふうに家庭を築いていけばいいのかわからないと口にしていたことがある。

複雑な事情と孤独を抱えている男に対して、暁生の中に擽《くすぐ》られる思いがあるのは事実だ。そういう男を慰めたり癒《いや》したりしてやるのが好きなのは昔からだった。これも一種のフェティシズムなのだろう。けれど、それだけの男ではつまらない。

基弘の場合、利口で野心があって「腹を空かせた狼《おおかみ》」のような気持ちを持っている。彼が本気で動けば、何かが変わるかもしれない。それは暁生の回りも含めた何かだ。ずっと物足りないと感じていた日々を満たしてくれるのは、やっぱり彼なのかもしれない。

ただ、仕事はともかくプライベートについてはこのままでいいのか少し不安はあった。もちろん内密にはしているが、上司と部下であり部署内の同僚という関係からは完全に逸脱している。これが異性関係なら結婚を前提にしたつき合いで、社内ではけじめをつけているという枠にはめて考えることもできる。だが、自分たちは同性同士であり、なおかつ基弘から明確な言葉を聞いたこともなければ、暁生のほうから自分たちの関係について確認したこともないのだ。

（自分たちはなんなんだろう……？）

セックスフレンドというのとも違う。ただ欲望を吐き出すだけの相手なら基弘でなくてもいいし、基弘も暁生でなくていいだろうし、彼の場合は男でなくてもいいはずだ。

彼が今の部署にやってきて二年以上が過ぎた。プロジェクトも今では軌道にのって、微調整をしながらも着実に進んでいる。そろそろまた基弘に異動命令が出るかもしれない。そうなると、自分たちの関係も自然に消滅してしまうのだろうか。それとも、彼は暁生と関係を続けることを望むだろうか。

基弘が北米出張で本社ビルにいない一週間が過ぎて、土曜日の午後に暁生は自分の愛車のミニで空港まで迎えにいった。

「相変わらずミニか。もう少しでかい車にしたらどうだ？」

ミニのハッチバッグを開け、後ろのシートの背もたれを倒してスーツケースを積み込みながら基弘が言う。だが、暁生はミニが気に入っている。日本の道で小回りが利くし、案外スピードも出せる。

「ポルシェよりは荷物を乗せるスペースはあるので、これで充分です」

基弘のポルシェのトランクは段ボール箱くらいしかなくてスーツケースなど入らない。なので、スーツケースとキャリーを乗せられるミニに対して文句を言われたくない。暁生が運転席でシートベルトを締めてハンドルを握ったとき、助手席に座った基弘が手にしていた紙袋を投げて渡してくる。カルティエの赤い小さな手提げ袋だ。

「土産だ。気に入るといいけどな」

「北米に行って、カルティエですか？」

「時間がなくて免税で買った。安くあげたなんて文句は言うなよ」

肩を竦《すく》めて言うので、すぐに中身を出してみた。四角い箱に入っていたのは「カリブル・ドゥ・カルティエ」という腕時計。落ち着いたデザインの中に宝飾メーカーらしい優美さがありながらも、文字盤には男性的なインパクトを持つ一品だ。

「ダイバータイプのほうが高価だが、おまえにはこのデザインのほうが似合うだろうと思ってこっちにした」

基弘の言うように同じシリーズのダイバータイプなら百万近いが、これでも六十万くらいはする代物だ。いくら免税で買ったといってもそれなりの金額を支払っているはず。

「部下への土産にしては高価すぎますけどね」

「おまえはただの部下じゃないからな。おまえは……」

そこまで言って基弘はチラッとこちらに視線を投げて、少し考えるような素振りを見せる。そして、口角を軽く持ち上げ、目の奥で微笑《ほほえ》みながら言った。

「おまえは暁生だ。俺にとっては石川《いしかわ》暁生であって、他の誰《だれ》でもないさ」

その言葉を聞いたとき、暁生の中で小さなスイッチが入った気がした。仕事とプライベートで感じていたどこか曖昧な感覚に、何か一つの答えを見つけたように思ったのだ。そして、その腕時計をつけると、思わず笑みが漏れた。

「やっぱり似合う。おまえは人の二倍は仕事をしている。それくらいはつけていてちょうどいい」

「ありがとうございます。でも、時計だけがりっぱで浮いてしまいそうですけどね」

「だったら、明日にでも時計に合う靴やスーツを買いに行くか？　少し早いが来月が誕生日だろう。プレゼントしてやるよ」

「まさか社長から渡されているカードを使うつもりじゃないでしょうね？」

「それでもいいいな。俺の仕事がうまくいっているってことは城山商事の利益になるってことだ。その俺を支えているのがおまえなら、親父の金でそれくらい散財してもどうってことはない」

こういうことを平気で言うし、実際にやる男だ。大胆で放縦。けれど、そんなふうにいられるのは彼の精神が誰よりも強いからなのだ。愛人の子どもだと卑屈になることもなければ、提示されたものは拒むことなく手に取ってしまう。そこに迷いや遠慮などまったくない。当然の権利だと考えている。ただし、それを享受するだけのものを自分自身もきっちり背負う。そういう人間だ。

彼のそばにいると暁生は己の精神的な弱さを認識すると同時に、自分自身もそれくらいいい意味での鈍感さを身につけて、たくましく生きる術《すべ》を覚えなければと思うのだ。

やっぱり、この男のそばにいるとおもしろい。あらためて思った暁生は助手席の基弘の肩に手を置き、土産のお礼にキスをする。唇を啄《つい》ばむだけの軽いキスが何度も繰り返すうちに濃密な舌の絡め合いになっていくと、基弘のほうから体を離して暁生に言った。

「早く部屋に戻ろう。おまえとやりたくて仕方がない」

暁生もまったく同じ気持ちで、サイドブレーキを下ろしギアを入れると空港の駐車場から彼のマンションへとミニを飛ばす。会えなかったとはいえ、たかが一週間の北米出張だ。つき合い出したばかりの恋人でもあるまいしと、自分で自分の甘さに苦笑が漏れる。

それでも、このときばかりはなぜか燃えた。ベッドで抱き合いながらいつも以上に積極的な暁生に、基弘は土産の効果なのかと笑っていたがそんなものは関係ない。自分でも思いがけず燃えたのは基弘が言った言葉だ。きっと彼はなにげなく口にしたのだろう。けれど、それは暁生にとって本当の自分の見つけるトリガーだった。

『おまえは暁生だ。俺にとっては石川暁生であって、他の誰でもないさ』

自分でもずっとそう思っていた。けれど、本当に自分が望む意味でそのことを他人から言われたのは初めてだった。暁生という人間をよく理解してない者にそんな言葉を投げかけられても、何一つ心に響いてくることはなかっただろう。それを言葉にしたのが基弘だったということに大きな意味がある。

いまさらだが、自分がこういう人間でいいのだという確信を持つことができたような気がした。そして、自分はこのまま生きていけると信じることができた。だから、すごく嬉しかったし、心の解放がそのまま体まで解放してしまった。

マンションに戻るなり、二人は裸になって夢中で抱き合った。

「おい、少し緩めてくれよ。これじゃ動けない」

呆《あき》れたように言われるくらい、暁生の体は興奮の極地にあった。だが、その理由は心の究極の興奮だ。ほしいものを見つけた。探し続けて一生かけても見つかるかどうかわからないと思っていたのに、「誰か」と「何か」を見つけたのだ。

基弘と出会ってからの二年間は充実を覚えながらも、同時に不安な部分はあった。本当にこの人なのか確かではなかったし、信じきることに怯《おび》えていた。間違っていたら自分の時間を無駄にするばかりか心を疲弊させ、この先もそんなものは見つからないと大きな諦《あきら》めを強《し》いられる。だから、慎重にならざるをえなかった。けれど、この人は間違いではないのだ。彼こそが暁生の探していた男だ。

「基弘さん……」

体を貫かれて暁生は甘い喘《あえ》ぎとともに彼の名前を呼んだ。一緒に連れていってほしい。どこへでもいい。彼の行くところが自分の向かう方向だ。そう確信できたから、あとは祈るだけだった。

暁生は一人では何者でもない。自分って何だろうと子どもの頃からずっと考えてきた。自分は誰かのために生きていきたい。馬鹿《ばか》げているかもしれないけれど、自分じゃない誰かが切実に必要で、その誰かがいなければ本当に生きている実感を得ることができない。

「あなた、その人になって、お願い……」

その夜、暁生は彼の腕の中でその言葉を何度か呟《つぶや》いた。その言葉の意味を基弘は知ってか知らずか、笑みで受けとめ暁生の体を愛《いと》しそうに撫《な》でてキスをして、体の奥深くを抉《えぐ》った。いつものように丁寧でいて少しばかり猟奇的な愛撫が暁生を狂わせる。もっとほしいと懇願させて、与えないふりをしては存分に与えてくれる。

愛に自分が翻弄されるなんてあり得ない。もっと自分を興奮させてくれるものがこの世にはあるはず。そう思っていたけれど、愛もまた自分を狂わせるのだと知った。それが暁生にとって新しい不安となる。

失いたくない人ができたらどうしたらいい。やっと見つけた人だから大切にしなければならない。そう思っているけれど、世の中がままならないこともこの歳になれば知っている。

この人から離れなければならないときがきたら、自分の心と体はどうなってしまうのだろう。きっと身も心も散り散りになって壊れてしまう。

（駄目だ、そんなのは駄目……）

守らなければならない。自分のことは自分で守らなければ誰も助けてはくれないと知っている。でも、基弘を思いすぎる自分がいるのは事実で、暁生は愛と不安の狭間《はざま》で揺れながらも淫らに燃えているのだった。

◆◆

「豪勢にいくか。楽しみがなけりゃ、人は生きている意味がない」

プロジェクトも大詰めの今になって起きた問題があり、今回は一人で渡米した基弘は難しい交渉の結果城山商事の言い分を共同開発会社に呑《の》み込ませてきた。

急な出張で準備も充分ではなかったが暁生が日本の本社から北米の会議の時間に合わせて、必要な書類や資料を揃《そろ》えたばかりでなく、データの解説や分析も関係各所から集めて逐次メールで送っていた。それらを使っての交渉の結果ということもあり、土産の高価すぎる腕時計はその礼の意味もあったのだろう。

だが、基弘はそれだけ終わらせるつもりはなかったらしい。昨日の暁生の言葉を真に受けたわけではないだろうが、一夜明けて基弘は自分の車で買い物に出かけようと誘う。

「正直、日本にいて北米の会議時間に合わせて資料を送っていたこっちの身が持たないんですけど……」

なので、できれば休みの今日は自堕落に惰眠を貪りたい暁生だったが、時差ボケなど一晩眠っただけで元どおりの基弘に叩《たた》き起こされた。初夏のいい天気で、窓から差し込む日差しに思わず目をしばたかせてしまう。

シャワーを浴びて着替えをすませると、今日は彼の車で出かけショッピングの前に気に入っているホテルのラウンジで遅い朝食を摂《と》った。皇居の周囲を早朝に走るランナーが、出勤する前に朝食を摂る場所としてポピュラーなラウンジだ。休日は平日よりも遅い時間までブランチメニューを提供している。

「買い物をしたら、ちょっとドライブにつき合えよ。アメリカじゃオフィスと現場の往復で目が疲れているんだ。森林浴を兼ねて緑が見たい」

共同開発している企業の本社はアメリカの西海岸だが、オフィスで会議の連続では明るい日差しもその下で咲き乱れる花も見ている暇はない。また、視察となれば船で海原に出て、鉄骨の要塞《ようさい》のような基地を過酷なスケジュールで回らなければならないのだ。

暁生自身もこのプロジェクトに参加するようになって何度も現地に出張しているので、基弘の言葉は実感できた。日本の湿度のある緑の中に身を置きたいと思うのは、心と体がそれを欲しているからだ。

「どこへでもご自由に。ただし、助手席でドライブの途中に居眠りしても勘弁してください」

人の運転で助手席に座っているとき、暁生はけっして居眠りなどできない。他人がハンドルを握っている車には安心して乗っていられない性分なのだ。だが、基弘は車が好きなだけあって運転もうまい。車好きがこうじて、サーキットライセンスまで取得しているのだから筋金入りだ。そんな基弘が運転する車に乗ったときだけは、暁生もふと気持ちが緩んで目を閉じてしまうことがある。

「そうは言っても、どうせ眠れやしないんだろう。片目をうっすら開けて眠っているふりでもしていろよ」

暁生の性格を知り尽くしたような言葉に思わず拗《す》ねたい気分になるが、ブランチのあとの買い物で機嫌もすっかり直る。

スタイリッシュな時計に合わせて、靴とシャツとネクタイを基弘が気に入っているブランドでまとめて購入し、そのあとは彼が使っている仕立て屋で暁生のスーツをオーダーした。ざっと五十万ほどの出費になっただろう。基弘は気にするでもなくカードを切っていたが、それが彼自身のものか父親から渡されているものかはあえてたずねないでおいた。こんな気分のいい日によけいなことは気にしないでおくことにする。基弘の放縦をときには自分も見習って、あるがままの人生を楽しむのもいい。

仕立て屋を出て、買ったばかりの靴やシャツの紙袋を抱えて二人で車を停めているホテルの地下駐車場へと戻ったときだった。そこでポルシェの小さなトランクに荷物を放り込んでから、車に乗り込む前に基弘が暁生の腰を抱いてきた。周囲には誰もいなくて、二人の気持ちは休日の解放感に満たされていた。

「駐車場ですよ」

「誰もいやしないさ」

「ガードが甘いんだから」

「誰に何を言われても気にしやしない。そういう人間なんでね」

基弘はそうかもしれないが暁生は違う。それでも、彼といれば自分もまたその境地に行って解放されるのではないかと思えるのがいい。だから、誘われるままに唇を重ねた。

ところが、誰もいないと思っていたら、数台先のスペースに駐車していた国産車からドライバーが降りてきて、その男が車のキーをかけながらこちらを見たのだ。行きずりの誰かに見られたからといってどうということもない。悪戯《いたずら》っぽい笑みを残してさっさと立ち去ればいいだけのこと。

しかし、ポカンとした表情でこちらを見ている男に視線をやったとき、暁生は思わず基弘の胸元を手のひらで押して自らの体を引き離した。というのも、そこにいた男の顔に見覚えがあったからだ。

暁生の態度に基弘も振り返って背後の男を見た。彼もまた同僚であることに気がついたのか、小さく肩を竦めてみせる。そして、不敵な笑みを浮かべたかと思うと、自分の人差し指と親指を摘《つま》み合わせて唇の前で横に引く。口を閉じていろよという意味だ。すると、男もまたヘラっと脱力した笑みとともに片手を上げて去っていった。

「あれって、確か経理部の人でしたよね？」

基弘と一緒に車に乗り込んで暁生がたずねる。名前までは覚えていないが、何度か経理部に所用で足を運んだときに見かけたことがある。間違いなく城山商事の社員だ。そして、向こうもあの表情からして二人が同じ会社の人間だと気づいていたようだ。

暁生はともかく、基弘は社内でもある意味有名人だ。個人名まで認識していても不思議ではない。社内でよけいなことを吹聴《ふいちょう》されては困るのだが、基弘はまるで案じる様子もなく車に乗り込むとハンドルを切りながら地下の駐車場から出ていく。

「杉原《すぎはら》だ。確か、下の名前は愁《しゅう》だったかな。数字を見ているときが一番落ち着くという、数字フェチの変わり者だが、頭は抜群にきれる」

「知っているんですか？」

「個人的に話したことはない。だが、人となりは耳に入っている。なかなかおもしろい奴《やつ》だ」

部署の異動が多かったせいもあるだろうが、あまり接触のない社員についても情報を持っていることに少し驚いた。そして、こういうところが基弘が普通とは違う部分でもあるのだ。

「もしかして、興味があるとか？　顔は悪くなかったし、ああいう脱力系の男もチャーミングですよね」

暁生が少し皮肉っぽく言うと、基弘が声を上げて笑う。

「嫉妬するおまえも可愛いが、あいつは俺と同じだろう」

「嫉妬はしていませんけど、あなたと同じとはどういう意味ですか？」

「男は抱けても、抱かれるのは真っ平ってタイプだ」

あの一瞬ではさすがに彼が同類だとは見抜けなかったが、基弘には何か感じるものがあったのだろうか。あるいは、そういう情報もキャッチしていたのかもしれない。いずれにしても、同類ならよけいなことを吹聴する心配はないだろう。

買い物のあとは基弘の運転で郊外を目指した。どこへ行くのかはわからない。だが、景色がどんどん変わっていき、民家が少なくなっていくと同時に緑が深くなっていき、奥多摩に向かっているのはわかった。決まった目的地があるのだろうか。それとも、単に山奥へドライブに行くだけなのだろうか。暁生がたずねようとしたら、基弘のほうが先に行き先を口にした。

「ちょっと会わせたい人がいる」

「わたしにですか？」

「ああ、おまえにならいいかと思ってな」

「誰ですか？」

「会ってからのお楽しみだ」

そう言ってそれ以上は教えてくれなかった。だが、もしかしてと思う人は頭に浮かんでいた。けれど、確信はなくて黙っていたら、奥多摩のある村へ到着した。

基弘が車を停めたのは、村の外れの小ぢんまりとしたコッテージ風の家だった。家の前にはウッドテラスがあって、そこに置かれたテーブルにはお茶を飲んでいる中年の女性の姿があった。一目見ただけでわかる。基弘の母親だ。顔がよく似ているし、それ以上によく似た空気感をまとっている。

「あら、珍しい人がやってきたわね。道に迷った方かしら？」

基弘の母親は立ち上がりウッドテラスから下りてきて、そんな惚《とぼ》けた言葉で迎える。

「人生の道に迷っているので、あながち間違ってないけどね。今日は特別な友人を連れてきた」

そう言うと基弘が暁生を紹介する。「恋人」と呼ばれることはないと思っていたが、「特別な友人」というのはなかなか悪くない紹介だ。基弘の母親はそのあたりのことを察しているのかどうかわからないが、何を聞かされても動じるような人ではなさそうだ。

「こんにちは。岸根と言います。基弘がお世話になっています」

基弘を産んだのが二十六のときと聞いているので、すでに六十を超えているはずだがせいぜい五十前後にしか見えない。スリムなスタイルときれいな肌艶がとても若々しく、噂《うわさ》に聞いていたとおりの美人だ。笑顔で握手をすると、ウッドテラスのテーブルに招かれお茶をご馳走《ちそう》になる。

彼女は夜の商売から引退して、この地で暮らすようになり十年以上になるという。今は家の裏の畑で野菜やハーブを作り、できる範囲で自給自足していた。他にも長年の趣味でステンドグラスをやっていて、今ではその作品を望まれれば販売もしているそうだ。苦労もしただろうが、なんとも優雅な生き方だと思った。

そんな彼女は長く店をやってきただけあって人当たりがとてもいい。だが、それだけではない。例の小料理屋の女将も言っていたとおり、頭のいい人だということもわかる。

子どもというのは成長すればもう親の意見など求めなくなるものだ。説教されれば親孝行の気分で黙って聞いているだけで、結局は自分で考えて行動する。だが、基弘と母親の会話はまるで古くからの友人同士のようであり、あるいは店のママと若い客のようになったりもする。かと思えば、思いっきり母子の会話に戻り、子どもの頃からの癖を指摘されて基弘が腐った顔になったりもするのだ。

暁生は自分がゲイであることや、彼らが望んでいるような社会的成功から無縁であることなど、両親には未だにはっきりと伝えられないでいることがある。そのため、実家に帰省しても上っ面なことを話しているばかりで、結婚のことを問われれば仕事を理由にして早々に逃げ出してしまうのが常だ。なので、自分とはまるで違う親子関係を目《ま》の当たりにしてとても新鮮な思いでいた。

「ところで、人生の何を迷っているのかしら？」

お茶のお代わりをそれぞれのカップにそそぎながら、彼女が基弘にたずねる。それには暁生も興味があった。自分の生き方に自信を持っている彼でも迷うことがあるというのが意外だったが、冷静に考えれば誰だって人は迷うものだ。

「たいていのことは自分で決める主義なんだが、今回のことは母さんの了解も得たほうがいいかと思ってね」

「というと、あの人のこと？」

「というか、会社のことだ」

彼女の言う「あの人」は城山隆弘のことであり、基弘の言う「会社」は城山商事のことだろう。仕事のことで基弘は何か悩んでいるのだろうか。そんな話は暁生も聞いたことがなかった。

「父さんにはよくしてもらっているし、感謝もしている。けれど、このままじゃいられないと思ってね」

「今度は何を始めるつもり？」

「独立しようと思っている」

ぎょっとしたのは暁生だった。隣で紅茶のカップを持ったまま固まってしまった。もしかして、異母兄が継ぐと決まっているのにこのまま城山商事にいるのはやはり不満ということだろうか。

「それはあなたの勝手でしょう。好きに生きればいいんじゃない。これまでもそうしてきたじゃないの」

突き放した言い方に聞こえるが、自分の息子を信じているからこそ言える言葉だと思う。基弘も彼女がそう答えることはわかっていたかのように、苦笑を漏らして頷《うなず》いている。

「ただし、体一つで出ていくんじゃなくて城山商事の一部をもらっていこうと思ってね」

「あら、そうなの？」

「それで、父さんのほうから母さんに何か言ってくるかもしれないということなんだが……」

基弘はいったい何を考えているのだろう。暁生は言葉を挟むこともできないまま、笑顔で交わされる彼らの会話を聞いているしかなかった。

「あなたが城山商事をどうするつもりか知らないけれど、それだってやると決めたらやるんでしょうよ。それに、あの人は何も言ってこないわよ。わたしにそんな話はしないわ」

それが彼女の答えで、それだけで基弘には納得できたようだ。あとは一緒に彼女の作っているという畑を見せてもらい、家の中ではステンドグラスの作品もいくつか見せてもらった。作りかけのランプシェードは、椿《つばき》の花をモチーフにしたデザインだった。椿は彼女が大好きな花だという。

暁生はふとオペラの「椿姫」を思い出していた。あれは高級娼婦と若い恋人の悲恋の物語だが、愛する人と一緒になれなかった彼女の恋もまた幸せなものとは言えなかったと思う。

ただ、息子はりっぱに成長し、彼女も今は自分の人生を楽しんで生きているのがわかるから、岸根舞《きしねまい》という女性の物語はけっして悲しいばかりではないのだ。

夕刻が近づいて都内へ戻る二人を彼女は車まで見送ってくれる。そのとき、基弘が思い出したようにたずねる。

「父さんとは連絡取ってる？」

「あの人、月に一、二度はくるわよ。あなたたちみたいにお茶を飲んで、わたしのステンドグラスを見ていくの。もう引退すればいいのに、まだやり残したことがあるみたい。男って本当にいくつになってもわがままで勝手よね」

大会社の社長も彼女にかかると形無しだ。そして、いつもは自信に満ちている基弘も返す言葉がない様子だった。

「また、何かあればいつでもきなさい。わたしはくる者は拒まずだから」

あっけらかんと言った彼女は暁生のほうを向いて手を差し出した。暁生はその白い手を握って握手を交わす。彼女の歳を重ねてなお優美な微笑みを見ていると、その手の甲に口づけをしたくなる。

「会えて嬉しかったわ。いろいろとご面倒をかけていると思いますけど、よろしくお願いしますね」

「わたしのほうこそ会えてよかったです。これからのことを考えるきっかけをいただきました」

「夢ばかり見ていると人生は早いわよ。どうぞ頑張って現実を生きてくださいね」

自分の母親からはけっして聞けないような、どこか哲学的な言葉だった。基弘は聞き飽きているのか、小さく肩を竦めてから車に乗り込んだ。夕暮れの道を都内へ戻るため高速道路の入り口に向かっているとき、暁生が基弘にさっきの話の意味をたずねる。

「どういうことですか？　城山商事を辞めて自分で起業でもするつもりですか？」

基弘はハンドルを握りながらチラリとこちらを見て、反対にたずねてくる。

「もし俺が城山商事を辞めて起業したら、おまえはどうする？　ついてくるか？」

それは予期しなかった質問だ。そもそも彼が城山商事を辞めようと考えているなんて、まったく思いもよらなかったのだ。だが、考えてみれば基弘のような男が、異母兄が父親から継いだ会社の中でおとなしく仕事をしているというのはあり得ないだろう。ただ、タイミングとして今なのかという疑問はある。なので、それらを問う意味でも暁生は少し考えて言った。

「どうだろう。あなたの頭の中にある計画次第でしょうね」

「なるほど。計画を聞くくらいは興味があって、場合によって考えるってことか」

基弘は暁生が笑い飛ばして、一蹴《いっしゅう》すると思っていたらしい。一流企業の花形部門から、起業したばかりの小さな会社に転職するほど無謀な真似《まね》をする人間ではないと思っていたのだろう。それはそうかもしれない。場合によっては大企業勤務という唯一の親孝行さえも放棄することになるし、慎重に考えるべきことだ。それでも、暁生は基弘が何を考えているのか知りたかった。知ったうえで自分の進むべき答えを出したかった。

『夢ばかり見ていると人生は早いわよ』

このとき、暁生の脳裏には岸根舞の言葉が繰り返し聞こえていた。目の前にある現実を見つめて、自分自身として生きていきたいと思っている。彼女の言うとおり、暁生は自分もまた「わがままで勝手な男」の一人なのだと実感していた。

◆◆

社内では正妻の息子で長男の城山幸弘と、愛人の息子で次男の城山基弘の存在は常にいろいろな形で噂になっていた。あることないことがときには酒の場の話題になり、ときには女子社員の井戸端会議のネタになっている。

いわゆる泥沼の「お家騒動」といった話は世襲を行っている企業にはよくあるが、城山商事についてはしょせん噂話ばかりで体制を揺るがすような大きな問題はない。というのも、現役で社長職に就いている城山隆弘が跡継ぎは長男の幸弘であることを明言しており、すでにそれは社内でも了承されている事実だからだ。

さらには、基弘自身がそれに関していっさいの異存を唱えていない。能力の高さ云々《うんぬん》を噂する連中もいるが、それに関しては否定できない部分はある。だが、城山一族の意見は明確だ。能力の高さよりも、大企業の秩序としてそうあるべきという考えで一致している。

ただし、基弘としても今のままの状態に甘んじているつもりはなかった。城山商事の傘の下で一生安穏として生きていこうとは思っていないということだ。異母兄とは違う形で、自分の能力を確かめたい。どこまでいけるか試してみたい。そういう彼なりの野望があって、城山商事で働きながらもずっとそれを実現させる方法を考えていたのだろう。

彼の考え方としては、利用できるものは利用する。それは一貫して変わらない。愛人の子どもとして生まれてきたこと、城山商事の社長である父親に認知されたことなど、持って生まれたプラスとマイナスをすべて受けとめている。そして、自分の望む場所へ自分の力で上りつめようとしているのだ。正妻の長男に決められた道があるように、愛人の次男には自分で切り開いていく道があると基弘は考えていた。

具体的な計画として、基弘が狙《ねら》っていたのは城山商事のファンドマネージング部門だった。日本の大学を卒業したあと北米の大学に留学してビジネスを学んできた基弘が、城山商事に就職して最初に配属されたのがファンドマネージング部門で、そこでは二年間北米からの情報やデータの分析をしていた。その後、いくつかの部門で営業を経験してから暁生の所属する開発部門にやってきた。

各部署での経験から、彼は城山商事の資金運用に関して日本の企業にありがちな保守的な面に不満を感じていた。温《ぬる》い社内の分析や外注先からの無難なアドバイスによって、大きな損失を出さず年間で決められた目標の数値を達成すればよしというやり方に大いに疑問を抱いていたのだ。

どうせなら、外部に分析関連の子会社を作り、そこで専門的なアナリストを抱えて徹底的に利益追求をすべきだと考えた。そうすれば少々リスクの高い資産運用にも手を広げることができる。万一のときはその子会社を切り離すことによって、本社への大きなダメージは回避できるというアイデアだ。

使えるアナリストには声をかけ、すでに交渉を始めて打診済みだという。当然ながら有能なアナリストほど転職に対しては慎重になる。名もない新設の企業に移るにあたって、現在のキャリアで得ているものを少しでも失うようでは決心はつかないだろう。だが、それについても基弘には考えがあった。

「そのため『城山商事』の後ろ盾が必要になる。あくまでも城山の子会社ということで、彼らの地位やキャリアは保証されるということだ」

基弘の言葉に暁生はあらためて彼の大胆さに驚かされた。正確には、それを実行しようとする行動力と決意が他の人とは違うのだ。それは自分がたまたま他の人と違う出生だからにすぎないと彼は言うが、けっしてそんなことはないと思う。世の中には石橋を叩いても渡らないような生き方をする者が多い。企業勤めで保証された安泰を貪るだけでよしとする者も少なくないはずだ。

城山商事からファンドマネージングの下請けをするという事業内容で、百パーセントの出資を受けてまずは子会社を作る。城山商事の子会社なら給与や福利厚生、就労条件もそれなりに確約されている。会社そのものは新しくても、世間からすれば新しい部門であり大手企業のイメージがそこにはある。雇われるアナリストもまた、そこに大きな安心と保証があるということだ。

すべてのビジネスは、ウィン・ウィンの関係でなければ人や事態は動かない。例外はあっても、揺るがない経済の鉄則というものはある。基弘はそれを踏まえて、すべてを自分の手で組み立てようとしているのだ。

そして、基弘の計画には暁生も必要なのだと言う。あの日のドライブの帰り道、車の中で基弘が暁生に問うた言葉はけっして冗談ではなかったのだ。

「俺がこの計画を具体的に考えるようになったのはおまえと出会ってからだ。おまえがいなくてもやるが、おまえがいれば成功の確率は大幅に上がる。だから、俺には石川暁生が必要だ」

それが基弘の口説き文句だった。色気など微塵もないのに心が濡れた。震えるほどに嬉しかったのは、まさにそれが自分の望んでいる立場だったから。誰も与えてくれることのなかった、きっと誰にも与えられることはないだろうと諦めかけていた、そんな「何か」を基弘が与えてくれるというのだ。

「おまえがそれに不満でなければ、一緒にきてもらいたい。よく考えてから返事をくれ」

不満などなかった。それこそ大学を卒業して世間では一流と言われている城山商事に就職したときから、暁生がずっと探し求めていたものだ。やり甲斐《がい》があって、自分の能力を最大に活《い》かせる相手と場所。そして、それを与えてくれるのが基弘という、人生で奇跡的に出会うことのできた特別な「誰か」なのだ。

そして、その年の夏も終わる頃、休日に彼の部屋でいつもどおり淫らで最高のセックスを終えたあとのことだった。

「来月には父親も含めた取締連中と具体的な交渉に入る。おまえはどうする？　ついてくるか？」

基弘から独立に関して最終的な決断を求められた。暁生は甘い体の疼《うず》きを振り払い、三秒の間を開けず「イエス」と答えた。彼となら自分の能力を存分に発揮してやりがいのある仕事ができる。ずっと探していた「何か」は、今逃したらもう一生見つからないかもしれないのだ。引き換えにするものが少なくないとしても、断るという選択はなかった。

ベッドの中で抱き合って、与えられる熱はたまらない。身も心も溶けるほどの快感が、暁生に生きている実感を与えてくれる。けれど、それ以上の高みをともに目指せるとしたら、彼が伸ばした手を握らずにはいられなかった。

独立の際には暁生は基弘の秘書として仕事をすることになる。アナリストとして働くのに必要な資格や経験がないのだから、そういう役割を求められて引き抜かれていることはわかっていた。

今後も城山商事の傘下にいて最終的な決定権は本社にあるとはいえ、運営は自分たちの采配《さいはい》で行い失敗すれば子会社は本社に吸収合併されてしまうこともあり得る。城山商事という受け皿があるとしても、この企画を提案した本人である基弘にとってそこは戻ることのできない場所となる。暁生もまた同じで、自ら基弘について城山商事を離れる決意した人間に戻れる場所はない。そういう意味では基弘と暁生は同じ船に乗っていて、他のアナリストたちとは違うのだ。そこで、基弘からもう一つの提案があった。

「プライベートの関係は一旦終わらせよう」

「それが賢明でしょうね」

基弘の言葉に暁生も素直に頷いた。

これからは同僚ではなく、同じ高みを目指す同志になる。肉体関係から生まれる感情のもつれは、仕事の場では邪魔にしかならない。

つまらないこだわりとは思わなかった。それくらい本気でやらなければならないことだからだ。彼は彼の目指すべき場所へ行けばいい。自分は自分でやりがいを得て生きていけばいい。そして、それがそれぞれの選んだ道ということだった。

三年前、季節はちょうど晩秋の今頃だった。

基弘は父親に交渉して子会社を作ることを承認させて、その資金も出すという約束を取りつける。取締役の中には強硬に反対する者もいた。弁護士を立てることも考えたが、最終的には父親である城山隆弘の一存で事態が動いた。

長男には会社を継がせるが、基弘をこの先も城山商事の一社員として置いておくわけにはいかないという考えは彼の中にもあったのだろう。最終的には関連会社を継がせるつもりでいたのかもしれないが、基弘のほうが先に自分なりのアイデアで仕掛けてきたということだ。

独立の際、基弘は暁生の他にも杉原ら数人を引き抜いた。全員が基弘のめがねに適《かな》った優秀な人材だ。新しく起業した会社の名称は城山商事と関連性のあるものということで、「シロテック情報システム」となった。この独立は最初の小さな勝利であって、基弘は野望の荒野への第一歩を暁生とともに踏み出した。

新しいオフィスに出勤した初日、二人はまずはオフィスでシャンパンを開けて乾杯した。

あの日から基弘はボスとなり、暁生は秘書となった。以来、基弘と自分はキャリアをともにしている。体の関係はなくなったが、二人には心の絆《きずな》があると信じてきた。

独立から三年の月日が流れた今も、それを疑う気持ちは微塵もない。

第三章　〈未来へ向かう二人〉

「すみません。今日はちょっと時間が作れそうになくて……」

週末の金曜日の夜、デスクのパソコンのモニター上で基弘の来週のスケジュールの調整をしながら、暁生は肩に挟んだ携帯電話で佐賀《さが》と会話している。

先週末はゆっくり彼の部屋で過ごすはずだったのに、谷脇《たにわき》の娘婿《むすめむこ》の急死を知って暁生が飛んで帰っていったのでそのことを気にかけてくれているのだろう。一応大事はなかったとメールで報告はしておいたが、カンのいい彼のことだから暁生が自分の失態を悔いて落ち込んでいないかと案じてくれているのだ。

佐賀の細かい気配りはプロフェッショナルな秘書である暁生でも感心するし、恋人としてはとても嬉しく思う。けれど、今日は先日の後始末の他にも、諸々《もろもろ》の雑事の片づけがあってけっこう遅くなりそうだった。

基弘に忠告を受けたから佐賀とのデートを控えようという気持ちはないが、それでも自分の中で少し考えたいこともある。

『声はいつもどおりだけど、無理はしないように。何かあれば夜中でも電話してくれればいいですよ』

「ありがとうございます。でも、この間もメールでお伝えしたように大事には至りませんでしたから」

内容は恋人同士の会話だが社内なのでやや堅い口調でやりとりをして、近いうちにまた連絡をすると言って互いに電話を切った。

時刻はすでに八時を過ぎている。基弘は今夜も資金調達の約束を取りつけている某投資会社の取締役の接待だ。向き合う人を魅了するだけのものを持った男だが、本人はけっしてそういう酒の場が好きな人間ではない。それでも、日本の接待文化は相変わらずで、いくらシロテックが外資的な経営でやっているといってもそのあたりのつき合いをないがしろにしてはビジネスは進まないのだ。

独立してからというもの、それなりに苦労はあったけれど、城山商事時代に比べて接待の席が増えたのが実は基弘にとっては一番の負担になっている。これがトップの人間の仕事なのだから仕方がないし、基弘もその点については割り切って対応している。それでも、スケジュールを組むときには、基弘の体に負担がかかり過ぎないよう重要度とタイミングと頻度を鑑《かんが》みて調整するようにしている。最終判断は基弘本人がするが、それについて彼はわずかな時間を費やすだけでいいところまで暁生がすべて下調べしておく。

その日の夜は十時近くまで仕事をしていて、気がつけば暁生だけがオフィスに残っていた。杉原たちアナリストも隣の部屋の事務関係の従業員もすでに帰宅して、照明が消えていた。

暁生は帰り支度をしてオフィスに鍵《かぎ》をかけ、エレベーターで一階に降りると裏口に回って管理人に声をかけてからビルを出る。

いつの間にか本格的な冬がやってきていて、オフィスから出た暁生は首に巻いたマフラーの両端をコートの胸元に押し込みながら白い息を吐く。その息に微《かす》かな溜息《ためいき》が交じった。

この三年間、夢中で基弘と一緒にシロテックの仕事に没頭してきた。自分たちの夢のために、時間も労力も費やしてきたことに大きな充実感はある。そして、今は新しいステップに足をかけている。

そんな周囲の変化とともに、自分たちもまたじょじょに変わっていたのかもしれない。相手のことを何もかも知っているつもりが、少しずつ見えないズレや溝ができていたとしても不思議ではないだろう。周囲の環境が変われば人もまた変わっていくのは、当たり前と言えば当たり前のこと。

(そう、変わっていけないはずはないから……)

そう心で呟きながら、何か釈然としない思いを抱えている。間違っていないと思っているのに、心のどこかで本当にそうだろうかと問いかけているもう一人の自分がいる感じ。

オフィスビルから駅に向かう途中、街のあちらこちらにクリスマスディスプレイを見かける。ウィンドウに高く積み上げられたプレゼントの箱とパーティードレスを着たマネキン。歩道の木々のイルミネーションと店先から流れてくるクリスマスソング。

子どもの頃は楽しかったイベントも、大人になればその裏に商業主義を見てしまいどこか冷めた気分になるものだ。すっかり世の中の酸いも甘いも嚙《か》み分けた大人になったつもりなのに、今の自分を見ればそんなこともない。学生時代に想像していた三十代はもっと落ち着いた存在だったが、いざ自分がその歳になってみればしょせんこの程度の人間だ。基弘の母親の岸根舞が笑って言っていたように、男はしょせんいくつになってもわがままで勝手な子どもと同じなのかもしれない。

佐賀との交際について忠告をした基弘のことをフェアでないと責めたけれど、自分にそれを言う権利があるのかと問われれば強く肯定しきれない部分がある。というのも、彼の忠告に言い返したとき、暁生は基弘と奈々子《ななこ》のつき合いを引き合いに出してしまったから。

加納《かのう》奈々子のことは口にするべきではなかった。なぜなら、彼女とのつき合いを勧めたのは暁生本人だったから。パーティーで知り合った二人だったが、積極的にアプローチしてきたのは奈々子のほうだった。基弘は火遊びだけであとくされのない関係ならいいと思っていたようだが、世間の噂以上にクールな性格の彼女は基弘にとっていい気晴らしになると思ったのだ。

どちらもキャリアがあって何よりも自分の仕事が大切で、大人で割り切った遊びもできる。そんな二人だからこそ基弘が彼女とつき合うことをさりげなく後押ししていたのだ。暁生は彼女の喜びそうなプレゼントや小旅行をアレンジしてやって、それで基弘が気分よく仕事に打ち込めるならそれでいいと思っていた。

ところが、たまたま仕事で辛《つら》いことがあったのか、心が疲れていた彼女は数ヶ月のつき合いで結婚話を持ち出してきた。これはとんだ計算違いで、自分でも読みが浅かったと思う。もともと女性に対して興味がないせいもあるが、基弘を中心に考えてしまう癖のせいでときおりこういう手違いが起きてしまうのだ。

駅への道を歩きながらいつも以上に冷たい空気に身を震わせると、自分の愚かさに思わず溜息が漏れた。

(まったく、何をやっているんだか……)

経営権譲渡の交渉をいよいよ始めようというときなのだ。自分たちにとっては夢の第二段階へとステップアップするための大切な交渉だ。にもかかわらず、ここのところずっと基弘の気持ちが落ち着かないのを感じていた。よかれと思っていた奈々子とのつき合いも、結婚話が出た途端に急に興が醒《さ》めた様子で不機嫌さを漂わせていた。

もちろん、仕事ではそんな素振りは見せはしないが、暁生にはあきらかに伝わっていた。暁生だけではない。杉原も近頃の基弘の精神的な不安定さを察していた。一見脱力系で細かいことは気にしないふりをしているが、彼が鋭い感性と洞察力を持っていることはわかっている。わかる人にはわかる。少なくとも、それくらい基弘は何かに心煩《こころわずら》わされている。ならば、いっそ結婚して生活を落ち着けてくれればいいと思った。

自分が心の底から基弘の結婚を祝福できるのかと言えば、それは難しい。基弘との関係は三年前に一度けじめをつけたとはいえ、けっして断ち切ることのできない絆がある。誰に説明してもわかってもらえないと思うし、わかってもらおうとも思っていない。ただ、自分たちは自らこの形を選び、それは間違っていないと思っていた。けれど、その選択が本当に正しかったのかどうか、基弘の独立についてきた自分自身の決断を含めて暁生は今になって不安を感じている。

『おまえがいれば成功の確率は大幅に上がる。だから、俺には石川暁生が必要だ』

あのときの言葉は今もはっきりと覚えている。心が震えるほどに嬉しい言葉だった。この言葉以上のものを望めないと思ったし、恋愛よりも仕事のパートナーとして求められている自分を誇らしく思った。単純に表現するなら、あの瞬間は基弘の野望に大いに感化され「仕事」が「恋愛」を陵駕《りょうが》したのだ。

基弘は二人の関係を恋愛と考えていなかったかもしれないが、仕事を優先させるためプライベートの関係は断つべきだと判断した。暁生の場合はたまたま仕事と恋愛の相手が同じだったから、公私をきっぱりと分けるためにそれを選択した。

世の中には公私でパートナーを組める人もいるだろう。それによって互いを高め合い、安定を得て、さらに同じ方向に向かって行けるならそれでいい。けれど、同性であることも含めて、自分たちには難しい。

どうして自分たちにはそれができないか。理由はすべて曖昧で、これが決定的な理由だと一つをあげることはできない。たとえば、男同士であることもそうだし、基弘が直接の跡継ぎではないとはいえ「城山家」の人間であることもそうだ。愛人が産んだ子だが認知されたかぎり、日本でも有数の資産家の一族の人間として子孫を望まれるのは当然だ。

他にも、感情的な部分はある。基弘が暁生を純粋な恋愛の対象として考えていないかもしれないことが一点。反対に暁生のほうはといえば、仕事と同様にプライベートでも彼との生活に浸《つ》かりきってしまう自分が容易に想像できる。そして、実はそれが一番の問題なのかもしれない。

基弘はまさに暁生が探し求めていた男だが、一人の人間にここまで溺れることができるとは思っていなかった。あまりにも理想的な男に出会ったことを、単純に幸運だと思っていた時期もある。ところが皮肉なもので、出会うのが難しいはずの男が現実に現れてみれば、自分がこんなにも恋愛に没頭するタイプであることに気づかされてしまったのだ。

基弘に「おまえが必要だ」と言われたとき、恋愛以上に大きな目標でともに同じ道に向かっていけると心を震わせた。抱き合う温《ぬく》もりを諦めても、彼という存在がそばにあるという現実を確実に手に入れるほうが自分は満たされると考えたのだ。

秘書として働くかぎり基弘のそばにいられる。ただ、秘書でいるかぎり暁生の胸の中にある情愛は成就することはない。だからこそ、基弘の加納奈々子との恋愛もサポートしていたし、なんなら結婚すればいいとさえ思っていた。

よしんば奈々子でないとしても、いずれ基弘はプライベートで寄り添う人を見つけるだろう。それは暁生ではない誰かなのだ。だったら、暁生自身も自分のプライベートで体を温め合い、心を許し合える人を見つければいい。近頃になってようやくそういう割り切った考えを持てるようになった。そんな矢先に現れたのが佐賀だったのだ。

佐賀は理想的な男だ。基弘とは違っていても、暁生の心にアピールするだけの充分な魅力を持っている。そして、彼もまた誠実にこの先の人生のパートナーとして暁生のことを考えたいと言ってくれた。

人は望むもののすべてを手に入れることはできやしない。子どもの頃からずっとそう思っていた。だから、ほしいものの半分が手に入ればそれでいい。本当にほしい愛は手に入らなくても仕方がない。でも、ずっとそばにいて、好きな人を見ていられればそれでいい。

子どもの頃はサンタクロースがいないと知っていても、ほしいプレゼントを手紙に書いてリビングのクリスマスツリーにぶらさげた毛糸の靴下の中に入れていた。クリスマスの朝にはパジャマのままツリーのところへ行き、ほしかったプレゼントを見つけるとやっぱり嬉しかった。

クリスマス前の夜空を見上げ、白い息とともに今一度溜息を漏らす。大人になってもほしいものを手紙に書きたい気分だった。でも、ほしいものはもうコンピューターゲームでも新しいスニーカーでもない。祈っても願っても手に入らないもの。片手に握っているこの大切なものを手放してしまうくらいなら、これ以上何も望んだりしない……。

「明日の午後からの予定を変更してくれ」

「明日は木島通商《きじまつうしょう》のファンドマネージャーとのアポイントメントですよね？　何か他に急ぎの案件でも？」

先週の金曜日に残業して作った今週のスケジュールだが、月曜の朝一に確認をした基弘が暁生を部屋に呼んで変更を依頼してきた。

木島通商は谷脇の紹介で得た新しいクライアントで、担当アナリストと一緒に先方のファンドマネージャーに挨拶《あいさつ》にいく予定になっていた。通常はアナリストが一人で行くのだが谷脇の紹介であり、木島通商が大手企業であるため基弘も出向くことになっていたのだ。それを変更するというなら、よほど重要な別件があるということだろう。

「佐賀さんと出かける」

「え……っ？」

手にしていたタブレットのモニターでスケジュールを見ていた暁生が、小さく声を出して顔を上げる。

「出かける？　どちらへ？」

佐賀と一緒にという言葉に、思わずそう聞いてしまったのは、先週の気まずいやりとりを思い浮かべたからだ。すると、基弘は呆れたように肩を竦めてデスクから立ち上がる。

「弁護士と出かけるところといえば決まっているだろう」

「もしかして城山商事ですか？」

「もしかしなくても、それしかない。明日しか先方の時間が空かないと言われた。何しろあの歳でも人の倍は働いている忙しい人だからな」

「では、先方の社長と直接会われるんですか？」

「そういうことだ。すでに書面での打診はしているが、俺の言葉で直接意向を伝えてくる。佐賀さんには手続き上のことでバックアップしてもらわなければならないだろうからな」

そういうことなら急でも仕方がないし、確かに木島通商よりも重要案件ということになるだろう。暁生はタブレットのモニターを見ながらしばし考えていた。

「どうかしたのか？」

基弘が怪訝《けげん》な表情でたずねる。いつもの暁生なら打てば響くように変更の件を了解して、すぐさま木島通商とのアポイントメントについて担当アナリストに伝えて、新たなアレンジをしているところだ。もちろん、そんなことはこのあときっちりとやっておくが、気になっているのは城山商事のほうだ。

「あの……」

「佐賀さんと出かけるのが何か問題か？」

「あっ、いえ、そうではなくて、城山商事の件です。直接会われて話をされるというのは、あくまでも事務的な手順としてのことですか？　それとも、個人的な感情の部分を話されるつもりなんですか？」

「両方だ。どちらも必要なことだからな。何か問題があるか？」

暁生はすぐに笑みとともに首を小さく横に振った。

「いいえ、何も問題はありません。ただ一つを除いては」

暁生の言葉に基弘がその一つはなんだと問いかける表情になった。そんな彼の視線を受けとめて暁生がタブレットのカバーをかけて言う。

「そういうアレンジは秘書の仕事です。勝手に先方に連絡を取るのは職務ルール上控えてもらいたいですね。どうしても必要な場合であっても、まずはわたしに言ってからにしてください」

城山商事の社長に、基弘が親子として直接連絡を取った気持ちはわかる。だからこそ、忙しい彼の時間を取ることができたのだろう。けれど、秘書としてはいささか不本意だ。そういうことをアレンジするのが自分の役割なのだから。それだけ言って部屋を出ていこうとしたら、背後から基弘が声をかける。

「木島通商に連絡を入れたあとでいい。コーヒーを持ってきてくれ。マフィンもあれば嬉しいんだがね」

コーヒーの催促はいつものこと。マフィンは暁生が気を利《き》かせて買ってきているときもあるけれど、必ずオフィスにストックしているわけではない。

だが、そんな基弘の注文は承知のうえだ。週末は何をして過ごしていても、日曜の夜の夜更かし癖は簡単に直らない。月曜の朝は朝食を摂らずにマンションを出て、時間に余裕があれば出勤途中に気に入ったカフェテリアに寄ってコーヒーとペストリーを食べてくる。もしくはペストリーをテイクアウトしてくる。

そんな余裕さえないときはオフィスで暁生の用意したドーナッツやマフィンを食べながら、午前中の業務をこなす。今朝の彼が朝食を摂らずに出勤することは暁生にしてみれば想定内だ。先週の仕事の内容と土曜日の接待ゴルフ、さらには日曜日にサーキットで趣味のレーシングカーを走らせるという予定を把握していれば、月曜の朝にカフェテリアに寄る余裕などないことは簡単に予測できる。

「チョコチップとブルーベリーがなかったので、ナッツのマフィンですがよろしいですか？」

通勤途中でマフィンを買ってきていた暁生は、顔だけで振り返り涼しい顔でたずねる。それだけではない。

「それから、コーヒーには蜂蜜《はちみつ》を入れておきますね。喉が少し荒れているようですから」

サーキットへ行くと爆音の中で車を走らせて、ピットでは大声で話さなければならないので喉が荒れる。まだ城山商事にいてつき合っていた頃、サーキットに連れていってもらったことがあるので、そのことは覚えていた。本人は気にしていないが咳払《せきばら》いが増える。暁生に言われて、基弘は自分でも思い出したように喉を撫でている。

給湯室でコーヒーとマフィンを用意して基弘の部屋に運ぶとき、自分のデスクの引き出しにストックしているのど飴《あめ》の包みをマフィンの皿に二個ばかりのせておく。

基弘のことはいつどんなときも完璧な状態で仕事の場に送り出す。それが自分の役割で、その使命を果たしているとき何よりも生きがいを感じる。これに勝るものを探すのは難しいほどにここにいて満たされている。それが自分で、「石川暁生」という人間なのだ。

◆◆

基弘が佐賀と一緒に城山商事に出かけた火曜日の夜、暁生はずっと連絡を待っていた。というのも、午後から出かけた基弘はそのまま直帰したので、どういう話になったのか報告を受けていなかったからだ。

オフィスに戻ってこないなら待っていても仕方がないので暁生も帰宅はしたものの、その後もなんの連絡も入らないのでひどく気になって携帯電話を手放せないままでいた。だが、時間だけが過ぎていくばかり。

いったい、城山商事での話し合いはどうなったのだろう。なんらかの感触は得たのか、あるいははっきりと拒絶されたのか、せめてそれくらいの報告は聞きたかった。なのに、こういうときにかぎって基弘からも佐賀からも連絡がない。

風呂上りの暁生が再び携帯電話を手にしたとき、ふと考えた。自分は基弘からの連絡がほしいのだろうか。それとも、佐賀からの報告がほしいのだろうか。考えているうちにわからなくなる。人生のパズルはひどく複雑だ。ときには迷路に迷い込んでしまい、自分の進む方向がわからなくなりピースを見失う。

ベッドに横になっても連絡がこなくて、暁生は急に心細さと寂しさを感じる。誰にも求められていないような気持ちになって、生きていることさえ悲しくなってしまう。なんだか今夜の自分はいつもと違う。こんなふうに弱気になって、気持ちが沈み込むなんてどうかしている。

（社長も佐賀さんも忙しいだけだ。明日にでも報告があるさ……）

自分に言い聞かせながらも眠れない暁生は、もう一度部屋の照明を点《つ》けてベッドから下りる。そして、キッチンに行きグラスを持ってきてリビングボードに置いてあったブランデーのボトルを開けた。

日本で買えばいい値段のブランデーは仕事の関係者からプレゼントされたものだが、ワイン以外の酒を飲むことは滅多にないので放置していた。そのうち実家の父親に持っていけばいいと思っていたけれど、今夜は眠れない自分に業を煮やしてボトルを開けてしまった。

琥珀色《こはくいろ》の液体を嘗めるように味わい、それをゆっくりと流し込むと体がにわかに熱くなる。その瞬間、基弘と佐賀のどちらからも連絡がないことに不満を感じていた自分がおかしくなる。

自分はしょせん秘書だから、交渉の内容を逐一知る必要はない。自分が内容をいち早く聞いたからといって、それで交渉がどうなるものでもない。この苛立《いらだ》ちは単に気持ちの問題で、暁生自身の空回りでしかないのだ。

暁生はブランデーを飲みながら、リビングのソファに座ってそばに置いてある携帯電話を見つめる。知る必要はなくても、もし自分が交渉の件を案じて連絡を入れるとすればどちらだろう。上司である暁生なのか、恋人である佐賀なのか。

携帯電話に手を伸ばして電話帳の番号を呼び出したものの、どちらの番号をタップすればいいのかわからない。どちらにかけてもいいはずなのに、どちらにもかけられない自分がいる。

これはシロテックに関わることだから、基弘にかけるべきなのだ。けれど、心に迷いのある自分を見抜かれそうで怖い。基弘の疲れや弱さやだらしなさを受けとめてやるのは自分のほうであって、その反対はささやかな自尊心が許さないのだ。

佐賀に電話をすれば、反対に気持ちが弱っている暁生を優しい言葉で宥《なだ》め、暁生の知りたい情報を許される範囲で教えてくれるだろう。けれど、それもまた恋愛感情に甘えた行為でみっともないような気がする。

谷脇の一件で基弘に忠告されたとき、いつもの自分らしくもなく反論してしまった。それも基弘の女性関係を引き合いに出してまでだ。人が攻撃的になってしまうのは、絶対に守りたい何かがあるときか、相手に図星をつかれたときだ。佐賀とのつき合いで浮かれていたと言われ、事実だったからこそああいう言い方をしてしまった。

基弘との関係にけじめをつけて、彼の右腕としてひたすら努めてきた。ときには女性関係までサポートしてきた。そうすることによって仕事で能力を発揮できる基弘を見ているのが好きだったし、暁生自身もまた満足を得てきたはず。

けれど、職務を離れれば自分にだって恋愛をする権利はある。佐賀のような魅力的な男に真摯《しんし》に口説かれ、少しばかり心浮かれていたからといって責められたくはない。

（別れようと言い出したのは自分のくせに……）

そして、暁生もそれをよかれと思って受け入れたけれど、心のどこかで恋愛相手としては切り捨てられたという思いが潜んでいた。隠してもごまかしても、そういう気持ちが自分の胸の中にしこりとなってあるのは事実なのだ。

それが暁生の中で消えることのない小さな燻りとなっていて、そこから逃げるように佐賀との恋愛に溺れようとしている自分がいる。

基弘に佐賀との関係を非難され、触れられないように隠していた心の奥に隙間風《すきまかぜ》が吹き込んでしまった。無理やりにでも消したはずの燻りに一瞬赤い火が灯《とも》ってしまい、暁生自身がうろたえてしまった。だから、ついあんなふうに攻撃的になってしまったのだ。

ブランデーをもう一口含み、暁生はリビングのソファで横になる。天井を見つめているうちに、自分の両手で顔を覆ってしまった。誰もいない一人の部屋だというのに、泣きそうになっている自分を見られたくないという思いからだ。

この三年間、ずっと押し込めていた気持ち。自分で自分をごまかしてきた心の奥底にある思い。結局はそこにたどりついてしまう。逃げ切ることはできやしない。そう思ったとき、暁生は永遠にほしいものを手に入れることができない自分が哀れで、クリスマスプレゼントをもらえない子どものように泣いてしまうのだった。

ブランデーを飲んで眠った翌朝、ベッドから出るのがひどくかったるかった。

（ああ、休みたい……）

二日酔いではないが、どうしようもない無気力感に包まれていた。誰にだってこんな日はある。子どものときだって、ふと何もかもがいやになって投げ出したくなるときがあった。

宿題はちゃんとやってある。嫌いな授業ばかりの曜日ではないし、友達と喧嘩《けんか》しているわけでもない。もちろん、風邪をひいて体調が悪いとかお腹《なか》が痛いとかではない。それなのになぜか無気力で、何をしたいとも思えない。本も読みたくない。ゲームもしたくない。映画やビデオを見るのもかったるい。だからといって、ベッドでずっと横になっているのはもっと虚《むな》しい。そして、例によって心の中の声が聞こえるのだ。

『僕ってなんだろう……？』

十歳のときも三十を超えても、人間の心はたいして成長しないようだ。体は大きくなり、社会性や生きる術を身につけ、一人前の人間だと自他ともに認めていても、人は子どもの頃の葛藤《かっとう》をずっと抱えて生きていくものなのかもしれない。

けれど、自分はもう子どもではない。適当な理由を言って母親を騙《だま》し、学校をズル休みしていた頃とは違うのだ。ベッドから這《は》い出ると、手早くシャワーを浴びて着替えをすませる。こういう日は気に入っているシャツとネクタイで少しでも気分を上げるしかない。

腕時計は少し考えて、前に基弘にもらったカルティエをつける。近頃はあまり使っていなかったが、なんとなく沈んだ気分の日に自虐的な真似をしたくなっただけのこと。

上着を羽織りコートと鍵を手にして部屋を出ると、エレベーターでマンションのエントランスまで下りる。そのとき、ガラスのオートロックドアの向こうに立っている基弘の姿を見つけて、思わず目を見開いた。

「何をやっているんですか？」

「待っていたんだ」

「部屋の番号くらい知っているでしょう。インターホンを押せば……、いや、それより、待っているってどういうことですか？」

すると、基弘は自分のコートのポケットから車の鍵を出してきて、チャリチャリと振ってみせる。

「それって、もしかして……」

「新しい車がきたんで、ドライブに誘いにきた」

注文していたポルシェが納車されて気分がいいのかもしれないが、週半ばに何を言っているんだと暁生は思わず呆れたように首を横にふる。

「いいからつき合えよ。前にも二人して豪勢にやったことがあっただろう。まずは朝食だ。それから買い物にいくぞ。新しい靴に、シャツにネクタイ。スーツもオーダーするか」

「本気で言っているんですか？」

基弘の横を通り抜けてマンションの外に出ると、彼の新しいポルシェが停まっていた。車が新しくなるたびに彼のファッションも少しずつ変化していく。洗練されたスタイリッシュな印象が、彼という男をより魅力的にしているのは事実だ。だが、彼の遊び心はビジネスシーンにいてもギリギリのラインで外してくる。定番アイテムの意外な使い方、差し色の大胆さなどに若い頃から培った独特のセンスがあった。そんな基弘は背後から暁生の顔をのぞき込むようにして、耳元で囁《ささや》いてくる。

「本気だ。今日の仕事は午後からでいい」

思わず頭の中で素早く今日の基弘の予定を思い出す。午前中はアナリストとの打ち合わせくらいで、午後からはヨーロッパとの電話会議があったはず。会議に間に合えば、打ち合わせのほうはアナリストたちでどうにかなるだろう。ということで、午前中は基弘と暁生が揃って出社しなくても大きな問題はない。だが、まだ納得したわけではない。

「それにしてもいきなりですね。何か豪勢にやるようないいことがあったんですか？」

昨日の今日で基弘の機嫌がいいということは、おそらく城山商事との交渉に水面下で目処《めど》がついたというところだろうか。だが、それはないと彼の表情が少しばかり曇る。

「そう簡単にはいかないいな。独立のときに向こうとしては精一杯譲歩したという思いがあるからな。だが、こっちも折れるわけにはいかない。というわけで、俺たちの戦いが第二段階へ突入する前の景気づけということだ」

城山商事との交渉が厳しいことは彼の表情を見てもわかった。だが、困難が目の前にあればそれを乗り越えてやろうと気合が入る。もともと知能が高く、潜在能力も大きい。自分の力を最大限に使って目的を達成することのおもしろさを知っている彼は、この状況にむしろ興奮しているのだ。そして、己の夢の実現に必要なのは暁生だと今も信じて疑っていない。

そんな彼の言葉に暁生もまた興奮を思い出す。

「スーツも悪くないですけど、景気づけには少々物足りないかな」

笑って言ってやると、基弘は助手席のドアを開けて「どうぞ」とばかり招きながら頷く。

「なるほど。だったら、新しい腕時計も奮発するか」

「けっこうですね。手を打ちましょう」

暁生が車に乗り込んで、基弘が運転席でハンドルを握る。この感覚は久しぶりだ。彼の隣にいる自分を意識するとき、暁生はいるべき場所にいると安心する。この安堵感《あんどかん》は何ものにも代えがたくて、三年前までは当たり前のようにこの感覚に浸っていたのだ。

でも、今の自分たちはそうではない。基弘はこれからも暁生を必要としながら、プライベートでは距離を置いてやっていくつもりだろうか。そして、自分は黙ってそれを受け入れて生きていくのだろうか。その関係は暁生の心の中でいつまで均衡を保っていられるだろう。

目覚めたときの憂鬱《ゆううつ》さは消え去ったものの、まだ心の中の燻りは消えない。自分をごまかし続けてきたことはうすうすわかっていたけれど、認めるのが怖かった。ずっと自分を騙し続けることができると思っていたのに、どうやらそれはできそうにないと認めた夜。暁生は思わず涙を流して自分を哀れむしかなかった。それでも、この人のそばはいい。この感覚はまるで麻薬のように暁生を縛り続けるのだ。

「暁生……」

ポルシェのハンドルを握りながら、基弘がいきなり暁生の名前を呼んだ。「石川」ではなく「暁生」と呼ばれて、ハッとして彼の横顔を凝視する。

「この間のことだが、俺が悪かった。おまえはよくやってくれている。谷脇の件はタイミングが悪かっただけで、おまえの責任じゃない。それに、プライベートに口出しする権利はなかった」

「いえ、あの件はやはりわたしのミスです。二度とあのようなことはないようにします」

これでとりあえずお互いのわだかまりは終わりにする。ただし、暁生の胸の中にある思いはけっして収束することはない。そう思って小さな溜息を漏らしたときだった。基弘があらためて暁生にたずねた。

「それで、もう一度聞きたい。佐賀という人間はおまえにとって、それだけの男なのか?」

「どういうことですか?」

たった今、その件は決着がついたのではないのか。それなのに、なぜ基弘は重ねてその言葉を暁生に投げかけるのだろう。

「佐賀さんと一緒にいて幸せになれるのか？　それは本当におまえが望んでいる生き方か？」

「ちょっと待ってください。さっきプライベートに口出しをする権利はないって、自分で言ったばかりじゃないですか」

「ああ、言った。だから、俺はおまえに佐賀さんとつき合えともつき合うなとも言っていない。ただ、それをおまえが本当に望んでいるのか、正直な気持ちを聞きたいだけだ」

「それは……」

いきなり昨夜の涙の核心を突かれたようで、暁生は思わず言葉を失った。佐賀は魅力的で誠実だし、将来のことを考える相手として彼以上の男を見つけることは難しいだろうと思っている。けれど、それはあくまでも暁生の人生の選択から基弘という存在を取り除いた場合のこと。基弘がいない人生で、でき得るかぎり最高の選択は佐賀だと思っている。

そのことを基弘に向かって言葉で説明するのは難しい。難しいというより、これは自分のプライドの問題なのだ。それは自分から「好きです」と告白できないティーンネイジャーのように、自意識過剰な愚かさにも似ている。それでも、それを捨ててしまったら、この先基弘と一緒にいるのが辛くなる。だから、暁生は答えられないまま、基弘のほうを見て反対にたずねる。

「どうしてそんなことを聞くんですか？　わたしの気持ちを聞いてあなたはどうしようというんです？」

基弘はしばらく黙っていたかと思うと、やがて心の中から搾り出すような声で言った。

「おれはおまえを失いたくない。おまえが誰かのものになるのは耐えられないらしい……」

暁生の心の中の燻りにまた火がついた。今度こそ、熾火《おきび》のように燃え出してしまうかもしれない。そうなったら、もう自分を抑えることはできそうになかった。

◆◆

久しぶりに基弘の運転する車で出かけ、一緒に朝食を摂り、思いっきり買い物をして楽しかった。これからの自分たちの計画に対する景気づけとしては充分すぎるほど豪勢だった。

ただ、暁生の心に燻っていたものを熾《おこ》した基弘の一言がずっと頭から離れなくて、どうしたらいいのかわからないまま悩み続けている。

『おれはおまえを失いたくない。おまえが誰かのものになるのは耐えられないらしい……』

基弘のことならなんでもわかっているつもりだった。言葉などなくても、彼が何を望んでいて、何を必要としているのか手に取るようにわかる。加納奈々子など足元にも及ばない。きっと彼の母親以上に彼のことをよく理解しているはずだった。なのに、今はそんな基弘の言った一言をどう受けとめればいいのかわからなくなっている。

「石川くん、スミクラ科学の件、社長からまだゴーサインが出ないんだけど何か問題あったのかな？」

暁生がデスクでパソコンのキーを叩きながら、また基弘の言葉を思い出して考えていたときだった。コーヒーの入ったマグカップを持った杉原が、デスクの前にあるカウンターに手をかけてたずねてきた。

「気になっているなら直接社長に聞けばいいんじゃないですか？　今日は午前中ならオフィスにいますよ」

今朝はまだ出勤していない基弘だが、あと十分ほどでくるだろう。すると、杉原がなぜか意味深長な笑みを浮かべてみせる。

「何か？」

言いたいことや質問があるならはっきり言ってもらわないとわからない。暁生が怪訝な表情をしてみせると、デスクのすぐそばまで身を寄せてきた杉原が急に声を潜めて言う。

「谷脇さんの件では険悪なムードだったのに、先日はいきなり同伴出勤だし、あれから何かあったわけ？」

また彼の好奇心が膨らんでいるようで、暁生は両手を目の前で少しばかり大仰に広げてみせてやる。

「何もありませんよ。それに、べつに同伴出勤じゃありませんから。あの日は所用があって半日休暇を取っていただけです。出勤のときにたまたま社長が車で通りかかったので、拾ってもらっただけですから」

もちろん嘘《うそ》だが、景気づけに食事と買い物をしていたなどと本当のことを言うわけにもいかない。暁生の言葉に杉原は少し考える素振りをみせたかと思うと、いつになく真面目《まじめ》な顔になってたずねる。

「あのさ、実際のところ社長と石川くんってどうなっているの?」

「どうなっているとは、どういうことです?」

「城山商事の頃はつき合っていたよね?」

彼は基弘と暁生が駐車場でキスをしているところを見ている。以前からの二人の関係を知っている唯一の人間といってもいい。基弘がいうには杉原も同類で、よけいなことは吹聴して回るようなことはないと当時から楽観的だった。

実際、彼はこれまで基弘と暁生の関係についてどこかで吹聴した様子はないし、彼自身がゲイであることも間違いないと思う。ただし、彼の私生活は謎《なぞ》だらけで、独身という以外には会社の従業員ファイルに書いてある程度のことしか暁生も知らない。

「いまさら杉原さんにしらばっくれても仕方がないのではっきり言っておきますが、関係はありましたが今は社長と秘書というだけです。それ以外もそれ以上もないですよ」

「それって、公私混同をしないってこと？」

杉原に自分たちの事情を詳しく話すつもりはない。なので、小さく肩を竦めてみせて、自由に解釈してくれればいいと彼のほうにボールを投げた。それで話を終わらせようとしたが、杉原の好奇心はまだ満たされていないらしく、胸の前で腕を組んで首を捻《ひね》っている。いったい、彼は何に興味があって二人のことを知りたがるのだろう。

「社長とわたしの関係にそんなに興味がありますか？」

「もちろん、あるよ」

少し呆れたように聞いた暁生に、杉原は身を乗り出すようにして思いがけず強い口調で言う。

「理由がわかりませんけど。もしかして、社長に興味があるとか？」

冗談半分に聞いてみると、それはきっぱり否定したものの意外な言葉が彼の口から飛び出した。

「それはない。どちらかといえば、石川くんのほうがいい。でも、俺には恋人がいるから浮気はしない」

「そうなんですか？　もちろん男ですよね？　まさか、シロテックの誰かじゃないですよね？」

杉原に恋人がいるとか浮気はしない主義だとか、彼のプライベートの片鱗《へんりん》を知って暁生のほうが驚かされ、思わず好奇心がくすぐられた。反対にこっちから身を乗り出すように聞いたら、杉原が慌ててデスクから離れていつものヘラヘラとした笑いを浮かべる。

「危ない、危ない。うっかり喋《しゃべ》りすぎちゃったな。でも、俺のは純粋な好奇心だから。同類で同僚で、くっついたり離れたりしている二人を毎日見ていたら、どうなっているのか知りたくなるのは当然だろ」

自分もたった今、好奇心で杉原を問いつめそうになっていたから彼の言葉を頭から否定はできなくなる。

「おっと、噂をしていたら社長だ。どれ、スミクラの件を聞いてくるとするか」

杉原にとってはタイミングよく基弘が廊下の向こうから歩いてくるのが見えて、彼はさっさと暁生のそばを離れていった。暁生も基弘のサインをもらわなければならない書類をまとめて、それを彼の部屋のデスクに置きにいく。

今朝の基弘のスーツはダークなグレイ系。ネクタイはオーソドックスなレジメンタル。髪はいつもどおり軽く後ろに撫でつけて整えていて、コートと手袋とマフラーは片手に抱えている。今夜は接待の予定なので、車ではなくタクシーか電車を使って出勤してきたはず。

ビルのエントランスからここまでくる間にコートを脱いでマフラーを取っているということは、今朝はすぐに目を通したい書類があるか、朝一番に電話をかけなければならない相手がいるかのどちらかだろう。

こういうときはカフェテリアに寄って考えをまとめておくのが習慣なので、朝食をすませてきているということだ。コーヒーを持っていく必要はない。細かい報告もあとでいい。彼が部屋に入ると同時にガラス扉を閉じてやればいいだけだ。

「北米に電話を入れる。終わったら杉原とあらためて打ち合わせをする」

廊下で杉原に報告書の件を問われ短い立ち話をしたあと、自分の部屋までやってきた基弘が案の定暁生に向かって言った。暁生は黙って頷き部屋を出てドアを閉める。

自分のデスクに戻ると、杉原が廊下の向こうから基弘の電話が終わったら教えてくれとジェスチャーをして彼もまた自分のデスクへと戻っていった。

いつもと変わらない忙しい一日の始まりだ。けれど、暁生の心の中にはあの言葉が引っかかっていて、ときおり心がここではないどこかへ行ってしまいそうになっては自分を引き戻さなければならなかった。

「やっと会えたね。ここのところ忙しかったから」

「ええ、お互いに」

そんな会話から始まった佐賀との食事は、基弘と彼が一緒に城山商事に出かけた日から一週間が過ぎてからのこと。佐賀も城山商事の案件だけにかかわっているわけではない。他の案件で関西へ出張に出ていて、今週は資料作成に追われてデスクにかじりついていたという。

「そっちはどう？　年が明ければ年度末の決算時期に向かって大忙しじゃないか？」

「アナリストはそうですね。でも、わたしは役割が違いますから。他の人とは忙しさのタイミングが少しばかり違っているんですよ」

「でも、城山社長も年中多忙な人だから、君も大変だね。もし君がいなければ一日たりとも仕事が回らないと言っていたよ。君の優秀さはかねがね耳にしていたけど、ものすごい頼れっぷりだな」

カジュアルフレンチの店で向き合って座っている佐賀は、ワインを片手に笑いながら言う。

「大げさですよ。あの人は自分はたいして能がないふりをしたがる。本当なら自分でなんでもできる人なんですけどね」

なんでもできるけれど、自分がやらなくてもいいことはすっぱりと人の手にあずける。それがうまくできる省エネ型の人間と、何もかも自分でやらないと気がすまない潔癖型の人間がいて、基弘はあきらかに前者だ。それも、誰に何をあずければいいかを見誤ることがない。そこが彼の突出した才能の一つだ。

「ところで、先日城山商事へ行かれて、先方の感触はどうでした？」

「社長から聞いていない？」

「簡単ではないことは聞いています」

だからこそ、新しい車で出かけてちょっと豪勢な真似をして景気づけをしたのだ。そういう大胆さも基弘ならではで、目の前のハードルが高ければ高いほど闘志を燃やすし、それを楽しんでしまうタイプでもある。

「それはそうなんだが、彼はなんというか型破りだよね」

「確かに。あまりいないタイプですね。わたしも未だに城山のことがわからなくなりますから」

そう言って、また基弘のあの言葉を思い出している。佐賀と久しぶりに会って食事をしているというのに、さっきから基弘のことばかり話していることに気がついて、暁生はちょっと話題を変えてみる。

「ところで、年末はどうするんですか？　実家に帰るんですか？」

「実家といっても近いから、年明けにちょっと顔を出すくらいかな。君のほうは？」

「わたしもです。年末に両親の顔を見にいって、一、二泊して、結婚話が出たら早々に退散です」

「ああ、そうか。ご両親にはカミングアウトしていないんだ」

「親不孝は承知で、このまま女性にもてず結婚に縁のない『ダメ息子』ということで納得してもらうしかないと思っています」

それを聞いて、佐賀はかなり無理のあるいい訳だと苦笑を漏らしている。

「じゃ、一緒にどこか近場の神社にお参りに行こうか？　今からじゃ旅行といってもホテルも取れないだろうから、どちらかの部屋でゆっくり過ごすというのもいいかな」

佐賀の提案に、暁生もそれはいいかもしれないと同意する。恋人同士で初めて過ごす年越しだから、少しくらいはロマンチックなことでもと思う。佐賀となら浮かれた気分を味わいながらも地に足をつけて、一緒に人生を歩んでいけるはず。

その夜は週末ではなかったけれど、誘われるままに佐賀の部屋に行き体を重ねた。佐賀とのセックスはいつだって優しくて、充分すぎるほど満たされる。不安な夜も悲しいことがあった日も、この人の胸に顔を埋めて彼の手でそっと背中を撫でてもらえば、自分は幸せになれそうな気がする。

『佐賀さんと一緒にいて幸せになれるのか？　それは本当におまえが望んでいる生き方か？』

基弘の言葉に暁生は胸の中で答える。

（なれると思うし、そうなりたいと思ってる……）

なのに、基弘は暁生を失いたくないと言った。他の誰かのものになるのが耐えられないと言ったのだ。でも、どういう意味で耐えられないのか、その先の言葉を彼は今回も言ってくれなかった。そして、自分もまたそれを聞けないでいる。

臆病者《おくびょうもの》なのはわかっている。子どもの頃からそうだった。少しばかり他の子より利口で、大人の顔色が読めてカンがいい。そんな特技を、自分が傷つかないためだけに使ってきたような人間だ。

「明日の朝は送っていくよ」

セックスのあと体を寄せ合って眠ろうとしていたとき、佐賀が暁生の肩に唇を押しつけて囁く。甘い時間は好きだ。誰と過ごした夜もそうだった。

「平気。タクシーで帰ります。ここからならそう遠くないし……」

「いや、わたしが送っていきたいんだ」

佐賀がそう言うと、暁生の体を大きな手のひらで撫でる。エアコンのほどよく効いた部屋で、シーツに包まれ好きな男の温もりを肌で感じている。これだって幸せだ。自分は間違った選択をしたわけじゃない。

暁生が自分にそう言い聞かせていたとき、一度目を閉じた佐賀が小さな溜息を漏らした。眠る前の気だるい吐息ではない。それは何かを考えていて、思わず漏れた溜息だった。

「どうかしました？」

「君を幸せにできるのかって聞かれてね」

「え……っ？」

予期せぬ彼の言葉に、暁生も閉じかけていた目を見開いて佐賀の顔を見つめる。

「あの、聞かれたって誰に？」

「城山社長だよ。前に一緒に城山商事に行っただろう。あのとき、君とつき合っているのは幸せにできる自信があってのことかと聞かれた」

一瞬息を呑んだ。けれど、佐賀に自分の動揺がばれないようにわずかに身を捩《よじ》る。

「なぜ、あの人が……」

暁生が呟くと佐賀が微笑《ほほえ》みながら少し体を起こす。基弘が佐賀にそんなことを聞いていたなんて思いもよらなかった。いったい、どういうつもりでそんなことを聞いたりしたのだろう。暁生が両肘《りょうひじ》を後ろについて上半身を起こそうとすると、佐賀が髪を撫でてきてたずねる。

「以前は社長とつき合っていたんだろう？」

「あの人が言ったんですか？」

わざわざ佐賀に過去のことを話すなんて、いよいよ基弘が考えていることがわからなくなる。だが、佐賀はそうじゃないと首を横に振る。

「シロテックに出入りするようになって、わりと早い段階で気づいていたよ。社長は自分がバイセクシュアルだと隠していなかったしね」

そういえばそうだった。そして、佐賀は自分の性的指向を暁生にだけ巧みに隠していたのだ。

「城山商事からつれてきた秘書だと紹介されたとき、すぐにそういう関係かと思った。けれど、社長にはつき合っている女性がいるというし、君もどこか彼に対して距離感がある。ということは、過去に関係はあったとしてもすでに終わっているんじゃないかと考えた」

それで、仕事の正式な依頼を受けるとともに、隠していた自分の性的指向をオープンにして暁生を誘ったということだ。佐賀に隠したところで意味はない。だから、暁生は正直に自分たちの過去を話した。

「そのとおりですよ。城山商事で出会って、二年間は体の関係もありました。けれど、シロテックを独立させるときにけじめをつけました。公私混同はするべきじゃないと彼のほうから提案があって、わたしもそう思った。だから、合意のうえで別れたということになります」

そこまで言ってから、少し自嘲《じちょうてき》的な笑みを浮かべてみせた。

「別れといっても、そもそもつき合っていたのかどうかも怪しいんですけどね。大人の男同士の割り切った関係だったような気もするし……」

「それでも、社長はまだ君を思っているみたいだな」

この間の言葉を真に受けるつもりはない。あれはあくまでも秘書として暁生を必要としているという意味かもしれない。佐賀と恋愛をしても自分の右腕としてそばにいてほしいということなら、言われるまでもなくそのつもりだ。少なくとも暁生はそう受けとめているので、佐賀の言葉をやんわりと否定する。

「そんなことはない。言ったでしょう。あの人はなんでもできるくせに、わざと能がないふりをしたがる。甘え上手なんですよ。真に受けるといいように振り回されてしまうから」

「じゃ、君はどうなの？　彼のことは本当に過去のことだと言えるのかな？」

「え……っ？」

「こうして抱いていても不安になるよ。君の気持ちの半分はここじゃないどこかにあるような気がしてね。そして、それは城山社長のそばに今もあるんじゃないのかな？」

「佐賀さん……」

「城山社長と君は手を伸ばせば触れられる距離にいるのに、無理やり背中を向け合っているようだ。いつかその均衡が壊れたらどうなるんだろう。わたしは君をずっと抱き締めたままでいられるんだろうか？」

「そ、そんなことはない。そんなことは……。わたしは佐賀さんと……」

暁生の気持ちはちゃんと佐賀といる。だから、今夜もこうして彼と体を重ねて満たされた夜を過ごしたのだ。それなのに、彼の問いかけにははっきりと答えることができないのはどうしてだろう。

唇を震わせている暁生を見て、佐賀がまるで幼い子どもを難しい言葉で問い詰めてしまったような気まずい表情になる。そして、シーツの端を強く握ったまま何も言えなくなった暁生をそっと抱き締める。

「すまない。君を困らせるつもりはなかったんだ。君は今ここにいるんだからそれでいいと思うべきだとわかっているんだ」

「いえ、そうじゃない。あなたは悪くないから謝らないで。でも、わたしは自分の気持ちに嘘はついてない。あなたといたいと思っているから。そうしたいと思っているから……」

「わかっているよ。過去のことを持ち出して悪かった。わたしが自分に自信が持てていない証拠だな。もっとこれからのことを考えて話すべきだった」

そんなことはない。そうじゃないと暁生は何度も首を横に振りながら、佐賀の胸の中で泣きそうになるのをじっとこらえていた。どうして泣きたくなるのだろう。そう思ったとき、眠れない夜に一人で酒を飲み、基弘を思って泣いたことを思い出す。

つまりはそういうこと。佐賀に嘘はついていない。佐賀のことは魅力的な男だと思っているし、胸にある彼への好意は本当だ。けれど、自分の心の中にあるもう一つの真実は話していない。こんな自分は佐賀に対して誠実だとは言えないと思った。

◆◆

きちんと考えようと思う。自分は自分自身と向き合わなければならない。子どもの頃からずっと疑問に思いながら、暁生はこの年齢になってもまだ答えを出していない。このままでは駄目だと思う。要領よく今だけを生きていたら、このまま人生の迷路に入ったまま出てくることができなくなる。

その迷路は自分を迷わせるだけでなく、あやふやなままでいたら大切なものまで失うことになるだろう。暁生にとって大切なもの。それは今の仕事と、パートナーである基弘との関係。そして、プライベートでの恋愛における佐賀との関係だ。

あの日からずっと、佐賀の言葉が暁生の胸に突き刺さっている。基弘の言葉から逃げていた暁生に、佐賀の問いかけがトリガーとなったのだ。こんな気持ちのままで年は越せない。だが、その前に年も押し迫ってくれば仕事も普段以上に雑事が多く慌ただしい。

「石川さん、社長の年末の予定ですけど、忘年会には参加してもらえますよね？」

総務の社員から確認されて、年末のスケジュールを確認する。

「二十七日の午後は空けてもらっていますよ」

「よかった。去年は海外出張で欠席だったからいまいち盛り上がらなかったし、女子社員は早々に引き上げちゃうし幹事が泣いていましたからね。これなら今年も抽選会の商品は期待できそうだなぁ」

今年の幹事を担当している彼が拳《こぶし》を握って、これで忘年会は成功も同然だと満面の笑みを浮かべる。

「それなら社長に言われてもう用意してありますから」

「本当ですか。ちなみになんです？　当日まで内緒にしておきますから教えてくださいよ」

「沖縄までのペア航空券とリゾートホテルでの三泊四日の宿泊券です」

「やった。去年の京都を越えたな。これはパーティーの大目玉だ。で、石川さんのは？」

「わたしのは当日まで内緒ですよ」

「去年の『ヴーヴ・クリコ』一ダースはよかったなぁ。今年はドンペリかなぁ？」

「さぁ、どうでしょうね」

期待していると言って自分のデスクに戻っていく彼を見送り、暁生も仕事に戻る。彼の言っていた、忘年会での抽選会用のプレゼントの手配もしておかなければならない。

シロテックの忘年会は他の同じ規模の日本企業に比べれば派手なほうだと思う。社長が若く、外資系企業の経験者も多いので、自由な雰囲気があるのは間違いない。また、個人主義を尊重しているので社内行事は多くないが、そんな中でも忘年会だけは従業員が必ず全員参加する。

仕事納めの二十七日は午前中のみの営業だが、実際はデスク回りを片付ける程度で、午後からのパーティーのために出勤してきているようなものだ。オフィスでは昼前からシャンパンを開けてあちらこちらで乾杯が始まるし、女子社員はもれなく気合を入れてドレスアップしてくる。会場もそれなりの場所で毎年趣向を凝らしている。そこは幹事の腕の見せどころで、洒落《しゃれ》た演出をすればそれなりに株が上がる。

また、抽選会によるプレゼントも少し捻っていて、三十数名という人数だからできる方式で行っている。まずはパーティー会場の入り口で箱に自分の名刺を入れる。参加者は前もって全員なんらかのプレゼントを用意しておく。

社長の基弘は当然ながら一等に相応《ふさわ》しいものを用意する。暁生もそれなりのものを準備しておくのが常だ。他にも、成績のいいアナリストや肩書きのある者は値の張るものを用意する。反対に、新入社員や成績が振るわなかったアナリストは安価でも知恵を絞ったものを用意する。

そして、会場では一人一人が箱の中から名刺を一枚引いて、その人に自分が用意したプレゼントを渡す。社長のプレゼントが当たれば大当たりとなるが、中には宝くじ十枚とか、ペット用として売られているミドリ亀とか、男性社員が編んだマフラーなどという冗談の利いたものもある。

それぞれ用意したものが誰かに当たる公平なプレゼント大会だが、中にはなかなかシュールなものがあり、毎年もらったプレゼントにどんなコメントを言うかも含めて大盛り上がりするイベントなのだ。

(そういえば、一昨年の基弘さんは……)

思い出して自分のデスクで噴き出しそうになる。彼女にふられたばかりという若い社員が用意した一ダースのコンドームだった。当分使う予定がないのでという理由でプレゼントに出したと言い、それを当てた基弘は「大変助かる」とコメントして大受けしていた。

去年は海外出張が入った基弘は忘年会に参加することができず、暁生が代理でプレゼントを手配して名刺を引いた。今年の年末年始は今のところ通常どおり休みが取れそうだ。年始は海外のマーケットが国によっては二日から、遅くても三日からは開始されるのでシロテックも三日からの仕事始めになる。それでも、一週間ほどはゆっくりできる。

暁生自身の予定は、年末の間に実家に顔を出してから佐賀と一緒に過ごすことになっている。けれど、まだ迷っていた。本当にそうしてもいいのか、そうするべきではないのか。

佐賀からは今も変わらず連絡が入っている。恋人として優しく甘い言葉のメールを定期的にもらって、暁生も返信している。佐賀のさりげない励ましや労りの言葉に癒されることは多々あるし、彼と一緒に過ごした時間は全部心地よくて思い出すたびに笑みが浮かぶ。けれど、何かが違う。何かが足りないと暁生の心が囁いている。どうしてそんなふうに自分を惑わすのかと問い詰めたいけれど、問題は惑わされている自分の心のほうだから厄介なのだ。

深層心理を暴いて人は楽になり、心が解放されるのだろうか。もしかしたら、それは自分自身を後戻りできない破滅の道へと追い込む行為ではないだろうか。たとえそうだしても逃げたらまた同じことの繰り返しになってしまう。

自分が何かを知るために、自分が何をほしいのか認めるべきなのだ。認めた先にあるのが絶望や孤独だったとしても、その結論をうやむやにしたままではこの先の人生を生きていけない。そして、それは佐賀の好意に誠実に応《こた》えることにはならないのだ。

（僕ってなんだろう……？）

子どもの頃からのそんな疑問に、なんとなくこういう人間なんだと思って生きてきたけれど、そんな曖昧さが許されないときがきたのかもしれない。もう子どもではないから傷つくことを恐れず、現実に向き合って逃げずに知らなければならないことがある。

愛しても愛しても足りないのだと心が疼く。淫らな思いが暁生を突き動かしそうになる。それが暁生にとっての基弘という存在だ。わかっていたけれど、彼の真意を聞けずに今日まできた。それはひとえに傷つくのが怖かったから。

シロテックを立ち上げるとき別れを告げられ、暁生は賢明な判断だと承知した。けれど、あのときから自分の心は傷つき泣いていたのではないか。基弘の女性関係に寛容な態度で、あくまでも秘書としてサポートしながら苛立ちを感じていた。

その理由など深く考えるまでもない。それはただの嫉妬だ。加納奈々子より自分のほうがずっと基弘のことを知っている。彼の望むものをすべて整えてやれるし、体で彼を満たしてやることもできる。昨日今日の関係とは違うのだ。

石川暁生という人間がこれまでどういう思いで城山基弘という男を見てきたか、その思いの深さは誰にも越えることはできないと思ったとき、開き直りにも似た決心ができた。

（認めなければ、これ以上進めなくなる……）

この気持ちをごまかして生きていくのは無理なのだ。だから、ちゃんと向き合おう。向き合って拒まれたらそれはそのときだ。恋は一つじゃないように、仕事もまた見つけることができる。挫折や失敗に怯えることはない。本当に怯えるべきことは、真実に向き合わずに自分をごまかし続けることなのだ。

ただ、自分は基弘の秘書でもある。プライベートでどんなに心を乱していても職務はきっちりと勤めなければならない。デスクで資料室から持ってきたファイルを揃えていると、基弘が会議室から戻ってきて暁生に声をかける。

「例の資料は揃っているか？　コーヒーと一緒に持ってきてくれ」

「今お持ちします」

すぐに給湯室に行ってコーヒーを用意すると、それと一緒に資料ファイルを基弘の部屋に持っていく。某企業の北米での裁判記録で、そのときの内容について合弁を進めていた企業からペンディングの申し出があったということだ。

「こちらが二年前のもので、こちらが昨年のものです。裁判資料の他に数値のデータはファイルをメールで送っていますので確認してください」

「データの量はどのくらいだ？」

「表とグラフと写真を合わせて百ページ前後です」

「ペーパーのほうのファイルは？」

「付箋《ふせん》を貼《は》ってある部分だけ確実に目を通しておけば問題ないかと思います」

午後からのクライアントとの会議だが、資料を揃えるだけが暁生の仕事ではない。もう一歩踏み込んだところに自分の役目がある。無駄な部分は極力省いて核心の部分を抽出しておくことも暁生の役割で、そこに信頼がなければ基弘はクライアントとの打ち合わせでいわゆる「宿題」を持ち帰ることになる。

ときには答えを出さずのらりくらりとかわすことも必要になるが、城山商事時代と同じく相手から宿題を持たされるのは極力避けたい。そのための資料集めだが、基弘はその場であらまし目を通して不備がないか確認しながらコーヒーカップに手を伸ばす。

「ところで、年末年始の休暇はどうするんだ？　実家に帰るのか？」

基弘の視線は、コーヒーカップを持っていないほうの手でめくっているファイルの文字をずっと追っている。暁生は少し考えて、曖昧な返事をする。

「一応実家にはいつもどおり顔を出す予定です。他は特にありません」

「佐賀さんと出かけないのか？」

「未定です。奈々子さんとは出かけないんですか？　アレンジが必要なら言ってください。今からでも間に合うホテルは探せると思います」

「いや、予定はしていない」

「テレビ局でも、彼女の部署なら年末年始の休みが取れるんじゃないですか?」

「みたいだな。だが、別れたからもういい」

「えっ?」

そんな話は聞いていない。暁生が驚いて本当に別れたのかを確認する。

「それって、いつですか?」

「いつ? おまえが俺について知らないことがあるのか?」

思わず言葉に詰る。確かに、恋人と別れたなら基弘にそれなりの変化があっただろうし、普段の暁生ならすぐに気がついていたはずだ。

「自分の恋愛に忙しかったんだろう。無理もない。ちなみに、これは嫌味じゃないからな」

「いえ、わたしも……」

言いかけた言葉を呑み込むと、基弘が目を通していた資料から顔を上げてこちら見る。

「わたしも、なんだ?」

「なんでもありません。それより、忘年会の日は覚悟しておいたがほうがいいですよ。昨年は不参加だったので、今年は朝まで引っ張り回されるでしょうからね」

仕事ができる連中は羽目を外すときも半端ではない。二次会、三次会と流れ、朝になってようやく解散する連中もいて、つかまったら最後までつき合わされることになる。

「もう年だと言って逃げるよ。実際、四十路《よそじ》前だし……」

基弘が自嘲気味に笑って言うので、暁生が片方の手のひらで彼の言葉を遮ってアドバイスする。

「そのいい訳はクールじゃないので、他のいい訳を考えておいてください」

「だったら、おまえが考えてくれ。秘書の仕事のうちだ」

「いいえ、職務時間外のことですから。ちなみに、わたしは死にたての曽祖父の通夜をいい訳に使う予定ですから真似しないでくださいね」

それだけ言って基弘の部屋を出ていこうとしたら、背後から呆れたように怒鳴る声が聞こえる。

「曽祖父はとっくに墓の中だろうが。それに、通夜ネタはやめろ。おまえはときどきブラックが過ぎるぞっ」

もちろん、聞こえないふりで部屋のガラス扉を閉めてやった。


恒例の社をあげての馬鹿騒ぎとなる忘年会も無事終わり、年末の二十八日の朝はゆっくりと眠りたいだけ眠り、十時を過ぎてようやく遅い朝食を摂った。

暁生の今日の予定は部屋の雑事をすませて買出しに出かけ、夕刻からは佐賀に会う約束をしている。彼からは大晦日《おおみそか》から元日にかけて一緒に過ごしたいという提案があったが、暁生がどうしても今日のうちに会いたいと無理を言った。

『会えるのはいつだって楽しみだよ。ただ、覚悟はしておいたほうがいいということかな?』

電話の向こうで彼の声は少し寂しげだった。暁生もそれ以上は何も言えなかった。電話で言うことではないと思っていたから。彼の誠実さに対しては、自分も誠実に相対して応えなければならない。

年末だからといって大掃除をするほどでもない。普段から散らかさないこと、必要ないものは捨てることが身についているので部屋は片付いている。キッチンや水回りの他、手が回らない細かい場所は年に二回、プロのクリーニングを頼んでいるので、自分でするとすればワードローブの整理くらい。午後からは書き終えて束ねた年賀状を持って買出しに出かける。

今年はどこかへ出かける予定もないから、冷蔵庫が空っぽのままでは困る。いまどきはどの店も正月から開いているが、元日早々人混みの中に出かけたくないので必要なものは買い込んでおくことにした。

日用雑貨と食料品を買って、最後に酒屋に寄る。一人で飲むことはあまりないが、この間のブランデーは悪くなかった。あれと同じものをもう一本ストックしておいて、あとはこの休暇の間に映画を見ながら飲む白ワインを数本買っておくことにした。

一度部屋に戻って買い込んだものを冷蔵庫とパントリーに入れてしまうと、時刻はすでに五時を回っていた。暁生はもう一度コートを羽織り、マフラーを首に巻いて外出する。休日だからカジュアルなニットセーターとピーコートに緑系のマルチカラーのマフラーといういでたちだ。髪も整えることなく自然に後ろに流して、前髪も下している。このヘアスタイルだと数歳は若く見えると基弘によくからかわれていたことを、こんなときにふと思い出して苦笑が漏れる。

夕方になってぐっと冷え込んできて、雪が降りそうな雲の多い空だった。暁生が電車を乗り継いで佐賀との待ち合わせのカフェテリアに行くと、そこにはすでに彼がいてやはり休日のカジュアルなスタイルだった。

自分に似合うものをよく知っているのは基弘と同じだ。基弘は都会生まれの都会育ちで、基本的に学生時代はストリート系のファッションだったのが、大人のカジュアルに移行した感じだ。佐賀の場合は本人も言っているように海のそばで泳いで育ったので、サーフ系から大人のファッションに移り変わってきた感じがする。サングラスやシューズなどの小物にそういうテイストが残っているのが彼を若々しく見せているのだ。

「大人になると一年が早いな。あっという間に歳をとりそうでいやになるね」

暁生が佐賀の前に座ると、彼が年末の忙しげな街の様子を窓から眺めて笑う。

「夢ばかり見ていると人生は早い。だから、頑張って現実を生きなさいと言われたことがあります。近頃あらためてその言葉を実感しています」

マフラーを取った暁生が言うと、佐賀は大いに納得したように頷いてみせる。そこでウェイターがきたのでアールグレイを注文して佐賀の顔を見つめる。

やっぱりステキな男性だと思う。たとえゲイでなくても、素直に魅力的な男だと思うし、話をすればまた知的でユーモアのセンスもあってとても楽しい。そんな彼が暁生に好意を持ってくれて、将来を一緒に考えるパートナーとして求めてくれた。とても嬉しかったし、それを受け入れようとした。

「やっぱり駄目なのかな?」

佐賀と暁生はしばらく黙って見つめ合い、紅茶が運ばれてきてその湯気が立ち上ると二人の表情がわずかに曇った。

「ごめんなさい。あなたのことは今も好きです。わたしにはもったいないくらいの人で、一緒にいたらきっと幸せになれると思う。本当にそうなれたらと思うけど……」

「城山社長のことが忘れられない?」

静かな問いかけだった。暁生は伏し目がちに小さな吐息を漏らした。

「忘れられると思っていたし、忘れないといけないと思っていました。その代わり秘書としてなら、ずっとそばにいることができる。それ以上の満足はないと思っていたんです。なのに、そうじゃなかった。人間は欲張りみたいです。いや、わたし自身がそうなのかな」

佐賀は暁生の自嘲めいた言葉に、そんなことはないと優しく否定してくれる。

「ただ、どうして一緒にいるのに別れを選択したのかと思うけどね。きっといろいろな事情があったんだろう。君たちにしかわからない理由が」

暁生が黙って頷いた。自分たちにしかわからない理由はあったし、信頼もあった。それぞれが別の恋愛をして、家庭を持ったりパートナーを持ったりしても、途切れることない強固な絆を持ち続けることは可能だと信じていた。

「あの人が城山商事から独立すると聞かされ、声をかけられたときは嬉しかった。ただ、いくら城山商事の後ろ盾があったとしても、起業は未知の大海原に小舟で漕《こ》ぎ出すような選択だったから、わたしたちにもそれなりの覚悟が必要だったんです。公私混同という甘えはとても危険なファクターになり得る。それが彼の判断で、わたしも同感だった。けれど、それは今となって正しい判断だったのかどうかわからない……」

自分の気持ちを押し殺すことがこれほど精神的な負担になるとは予測できなかった。

「佐賀さんに会って交際を申し込まれて、本当に心が浮かれたんです。久しく忘れていた恋愛の楽しさを思い出しました。だから、わたしは逃げ切れると思った。城山から精神的にも逃げ切って、自分なりの幸せをつかんで、彼の結婚さえ祝福できると思っていたんです」

でも駄目だった。嘘はどんなに厚い壁に塗り込めてもじわじわと染み出てくる。結局はどうしても消せない染みを直視せざるを得なくなって、己の心の弱さと寂しさにあの一人の夜泣いた。

「彼はわたしにとって、たった一人の男だったんです」

それが暁生の結論だ。そして、座ったままただ深く佐賀に頭を下げた。本当に申し訳ないことをした。悪意はなかったにしろ、基弘から逃げるために彼を利用しようとしたこともまた事実なのだ。

佐賀はしばらく黙っていたが、やがてゆっくりと自分の顔を両手で覆うとまるでベッドで目覚めたばかりのように軽く擦《こす》り、自分の鼻先でピタリとその手を拝むように合わせる。小首を傾《かし》げて何か考えているようだったが、口元には微かな笑みが浮かんでいる。怒りを通り越した呆れかもしれないし、一人で恋に迷っている愚かな男への蔑《さげす》みかもしれない。だが、そのどちらでもないことを彼の言葉が教えてくれた。

「失敗したなぁ。わたしもまだまだ甘い」

「佐賀さん……？」

どういう意味がわからず彼の顔を凝視すると、佐賀はけっして作り笑いではなくにっこりと微笑む。

「あの夜、よけいなことを言わなければよかったんだよな。でも、わたしの胸でまどろみかけている姿を見て、自分が本当に君のすべてを手に入れたのか試してみたくなったんだ。そう、確かめないと不安だったんだ。だから、城山社長に言われた言葉を君に話してしまった」

「ああ、あのとき……」

佐賀は、基弘から本当に暁生を幸せにできるのかと聞かれたことを教えてくれた。確かに、あのときの彼の言葉はトリガーだった。それによって、基弘に聞かされた言葉が俄然《がぜん》色を帯びてしまったのだ。

『おれはおまえを失いたくない。おまえが誰かのものになるのは耐えられないらしい……』

怖くてその意味を確認できなかった。今もできずにいる。けれど、それはそっくりそのまま暁生の基弘への思いだ。他の誰にも取られたくはない。まして女性に彼を奪われて、横で彼が幸せな家庭を築いていくのをじっと見ているなんて耐えられない。自分たちの思いは同じだろうか。それとも、基弘の切望はあくまでも秘書である暁生に向けられたものなのだろうか。

いずれにしても、基弘と奈々子の関係がどうであれ、暁生は佐賀と別れる決心をしていた。そうしなければ、基弘に本当の気持ちを確認することができないからだ。失恋の受け皿を用意して、彼の気持ちを探るのはずるいと思った。

それは利口な大人の駆け引きではなく、保身のための打算でしかない。基弘は自分にとってたった一人の男で、その男と向き合うときにそんな醜い真似はできない。そんな自分は許せないと思ったのだ。

「君のいろいろなところが好きだったよ。もちろん、今でもこの手の中に戻ってきてほしいと思っている。でも、無理なこともわかった。君は無責任に人を甘やかす人間ではないけれど、自分に対しては誰よりも厳しいからね」

「佐賀さん……」

「そんな君に最後のプレゼントをしよう。楽しかった数ヶ月を惜しんで送る言葉だ。城山社長も確かに君を愛しているよ。君たちは間違いなく両思いだ。いつまでもくだらない意地や約束事に縛られていないで、さっさと正面から向き合って手を取り合うべきだ」

佐賀は基弘と暁生が、手を伸ばせば触れられる距離にいるのに無理やり背中を向け合っているようだと言った。そして、そんな愚かな真似をやめて、互いに手を握ればいいと言う。

「夢ばかり見ていると人生は早いんだろう？　だったら、頑張って現実を生きないとね。お互いに……」

暁生は佐賀の顔を見て精一杯微笑む。最後まで優しい人だった。彼と過ごした時間のすべてに感謝しながら、たった今短い恋が終わったことを実感していた。

◆◆

年が明けてからは、三月末の決算期に向けて猛烈な忙しさに追われる。アナリストたちは情報収集とデータ分析に追われ、深夜近くになってようやくレポート作成に取りかかるといった日々だ。

基弘もまた城山商事との交渉を急速に進めていた。年末年始は谷脇のところへご機嫌うかがいに通っていたらしく、しっかりと根回しを依頼してきたようだ。それによって城山隆弘へなんらかのアプローチはあったとしても、本社としては簡単に呑める話でもないことはわかっている。社長の城山隆弘が一人でその決断を下せるわけではない。最終決定権は彼にあるとしても、他の経営陣や幹部の意見を無視してそれを認めることはできない。

ただ、形としてシロテックはすでに独立して起業している。そんな状況でのMBOなので、問題は経営権の取得のためにいかに株式を買い取るかということに尽きる。この三年でシロテックが築いた信頼を最大限に利用して、水面下で新経営陣の出資とともにファンド会社、投資家からの出資、金融機関からの融資の調達に奔走してきた。

その目処がようやくついたからこそ佐賀という弁護士を立てて、本格的な交渉を始めたのだ。佐賀のほうでは法律的な部分でかなり詰めていて、極力穏便に友好的な経営権の譲渡が行われるようにあらゆるシミュレーションを打ち出してくれている。

相手の出方次第でどの提案をするかは、まさに交渉のテーブルの上で行われる現場での真剣勝負になる。そのため佐賀と基弘の間での細かい打ち合わせも繰り返し行われていて、互いのオフィスを行き来する日々が続いていた。

佐賀がシロテックのオフィスにくれば、必然的に暁生も顔を合わせる。短い恋だったけれど、別れた恋人と互いに涼しい顔で挨拶をする。基弘は二人の関係について何も聞かない。実際、プライベートに関してあれこれ考えているような余裕はなかった。だから、暁生も佐賀のアドバイスどおり基弘に自分の思いを伝えることはできないでいる。

すべては今回の交渉を終えて無事に経営権の譲渡が完了し、シロテックを完全に独立させてからのことと今は割り切って仕事に没頭するばかり。

一月、二月が瞬く間に過ぎていき、年度末決算の三月はシロテックにとっても嵐のような毎日で、アナリストたちは寝不足と激務で誰もが神経を尖《とが》らせている最中のことだった。

「来週早々に、城山商事へ行く。今月中に話をまとめたい」

佐賀との打ち合わせが終わり、暁生が彼を見送って戻ってくると、基弘の部屋に呼ばれてそう言われた。

「先方も年度末で大変なときじゃないですか」

「承知の上だ。どうせならお互い新しい年度を気持ちよく始められればいいだろう」

「確かに、それはそうですが……」

計画としては、年度末の決算とその後の調整時期をやり過ごした四月末から五月にかけて最終交渉を行い、夏以降に正式にシロテックを完全に城山商事から切り離した形で運営していくはずだった。なので、三月中にまとめるというのは、ことを急いでいる感はあるが大丈夫なのだろうか。

「佐賀さんを通じて城山に話は伝えているが、念のため来週のアポイントメントの確認をしておいてくれ」

基弘がそこまで言うなら、すでに道筋はできているということだ。そして、彼が決めたなら暁生は従うだけのこと。

「城山商事とのアポイントメントはすぐに確認しておきます。来週のスケジュールは調整後にアップロードしておきますので、あとでファイルに目を通しておいてください」

暁生がそれだけ言って部屋を出ようとすると、基弘が呼び止める。

「来週の城山商事との最終交渉だが、おまえも一緒にきてくれ」

「わたしもですか？」

足を止め振り返った暁生は、少し驚いて聞き返す。基弘はそんな暁生に強い視線で頷いてみせる。

「ああ、そうだ。佐賀さんとおまえと三人で行く。うまく話がまとまれば、おまえは直帰していいぞ。佐賀さんと二人で祝杯でもあげてこい。ここのところ忙しかったから、ろくにデートもできなかったんだろう」

「えっ？」

一瞬、本気で基弘が何を言っているのかわからなかった。だが、彼がまだ佐賀と暁生がつき合っているのだと気がついた。

（なんでだ……？）

晩生からは基弘に話していないけれど、佐賀とこの数ヶ月何度も顔を合わせているのだから、彼からすでに二人の破局については耳にしていると思っていた。あるいは、佐賀とはそんな世間話をしている暇もないということだろうか。どういう理由にしても、いささか奇妙な話だ。

「ご存じないようですから情報としてお伝えしておきますが、佐賀さんとはもう別れています」

とりあえず、自分の本当の気持ちはまだ話せないにしても、誤解のないように佐賀との件は伝えておいたほうがいいだろう。そう思った晩生が淡々とした口調で言うと、基弘が珍しく目を見開いて驚いていた。

「いつだ？」

「年末に」

「聞いてないぞ」

「わたしからは言っていませんでしたね。でも、佐賀さんから聞いていると思いましたが」

「彼からも聞いていないっ」

「プライオリティが低い情報なので、伝える必要もないと思ったんじゃないでしょうか。わたしもうっかりしていました」

「今日も涼しい顔で彼と顔を合わせていたじゃないか」

「もちろん、仕事ですから。それに、お互い大人なので、きちんと話し合って別れています」

「×××！」

基弘が拳を握って自分のデスクを打ち、英語で汚い言葉を口にした。彼がこの瞬間、何を考えてその言葉を発したのかは聞かないでおくことにした。すべては城山商事とのＭＢＯ交渉が成功してからだ。今は二人の計画の正念場で、他のことに心を奪われているわけにはいかなかった。


ＭＢＯの利点として、我々シロテック側としては経営の独立確保、意思決定の迅速化やモチベーションの向上などがあり、それによってさらなる事業の拡張や場合によっては戦略の再構築も可能になる。また、新しい資金を得る機会を自由に模索することができる。

経営権の譲渡によって買収される側の城山商事にも利点がないわけではない。グループ内で子会社を切り離した分、彼らもまたそれまで割り当てていた資金を他に回して経営戦略を再構築することができる。さらに城山商事の場合は内部留保がけっして少なくないので必要ではないかもしれないが、保有株式を現金化できる。そして、今回の交渉で彼らが一番に考える点として後継者への経営権の移譲である。

すなわち、城山隆弘が息子である城山基弘を後継者として、経営権を移譲するという意味があり、それを最大の争点として交渉を進めていくつもりだった。

「とにかく、最終的な決定権は城山隆弘氏にあります。その点だけは忘れず、こちらとしてはぶれずにいきましょう」

「もちろん、そのつもりだ」

城山商事へと向かうタクシーの中、後部座席で佐賀と基弘が交渉の最終確認をしている。今日は基弘の命令で暁生も同行している。助手席で必要な書類を入れたブリーフケースを膝に置き、今日の交渉が無事に終わることだけを祈っている。

暁生としては基弘の秘書として、またアシスタントとして、やれるかぎりのことはやってきた。ただ、今日この交渉に自分も立ち会うことは意外だった。長年、表舞台に出ることを避けてきたのは、それは自分の役割ではなくもっと他に力を発揮できる場所があるからだ。そして、暁生が望む理想的な場所を与えてくれたのは基弘だった。

独立を勝ち得たときに踏み出した最初の一歩から、今はまた大きく次のステップへと踏み出そうとしている。どこまでもついていきたい。ついていけたらいい。

それぞれの思いを胸に約束の時間に城山商事に着いた。暁生にとっては三年前に退社して以来の訪問で、懐かしさもあるが少なからず緊張もあった。

案内されたのは社長室のある最上階の会議室。城山商事の社員だった頃は足を踏み入れたこともない部屋だ。その日、会議室に顔を揃えたのは、城山商事の現社長で基弘の父親でもある城山隆弘と、次期社長で現在マーケティング部部長職に就いている基弘の異母兄である城山幸弘の他、数名の取締役と担当の弁護士。こちらは基弘と佐賀と暁生の三人で、大きな四角いテーブルに向かい合って席に着く。

まずは挨拶を交わして、城山商事側の弁護士が議事進行役を担当することになり、今回の交渉内容について互いの認識に齟齬《そご》がないことを確認する。そして、それぞれがまとめた具体的な意見を取り交わす段階になって、基弘が一度議事進行を止めた。

「これまでこの交渉をフェアに行うため、父の城山隆弘および異母兄である城山幸弘とは個人的に会って話すことは控えてきました。なので、ここで少し城山の人間だけにしていただけませんか。長い時間でなくてけっこうですので、どうかお願いいたします」

しばらく会議室がざわめきに包まれた。城山商事の弁護士はそれがどうしても必要なことなのか確認をしてくる。基弘は重ねてそれを求めて、城山隆弘が承諾したことで城山幸弘も了解してくれた。そして、取締役とそれぞれの弁護士に続いて暁生も席を立ち、部屋を出ようとしたときだった。

「石川はここにいてくれ」

いきなり基弘から声がかかり、驚きながらも足を止める。なぜ暁生を参加させるのかを聞いたのは異母兄の城山幸弘だった。

異母兄弟とはいえ彼らはそれぞれの母親のもとで育てられ、同じ屋根の下で暮らしたことはない。なので、基弘が城山商事で働くようになって初めて顔を合わせたという。正妻と愛人の息子が同じ企業で勤めている事実に、「骨肉の争いを予感させる複雑な関係」などと企業スキャンダルのように書き立てられたこともあるが、実際はそんなことはない。

幸弘は正妻の長男としての権利を充分に得ているし、基弘に対して特別な憎しみを抱くような狭量な人間ではない。恵まれた環境で生まれ育った者らしい穏やかさと人柄のよさが感じられる人物だ。基弘も出生と同時に父親に認知され、生活や教育などでは幸弘と分け隔てのないよう面倒を見てもらったこともあり、異母兄に対して妬《ねた》みや嫉《そね》みなどは抱いていない。

それでも、幸弘にしてみれば秘書の暁生をこの場に留《とど》めておくのは不自然に思ったのだろう。暁生自身も思いがけない言葉に戸惑っていた。すると、基弘が暁生を視線で呼び戻し、父親と異母兄に向かって言った。

「彼はシロテックを独立させたときからのビジネスパートナーです」

独立後はそれぞれの立場でシロテックを育ててきた。一蓮托生《いちれんたくしょう》の関係なのは間違いない。それは利害が一致する隆弘と幸弘の関係と変わらないと基弘が説明した。そして、そればかりではなかった。

「それに、石川はプライベートでもわたしのパートナーなのでね」

その言葉にぎょっとしたのは暁生だった。もちろん、城山親子も怪訝な表情になっていて、父親の隆弘がどういう意味だとたずねたのは当然だった。それに対して、基弘の答えはシンプルだった。

「それ以上でもそれ以下でもない。彼がいなければ今のシロテックはないし、これからのシロテックもないということです」

「おまえがどうしてもというなら、まぁ、いいだろう。石川くんだったな。君も座りたまえ」

社長の城山隆弘に言われて、暁生は内心の動揺を抑えながら基弘の隣の席に着く。

「あらためて、今回の経営権の譲渡について前向きな検討ではなく、返答をいただきたいんです」

あまりにも単刀直入な基弘の言葉に城山隆弘は険しい表情で小さく唸《うな》る。このとき幸弘は交渉にあたってすべてを社長である父親にまかせているようで、自分から言葉を挟むようなことはしなかった。

しばらくして、城山隆弘がテーブルの上で両肘をつき、その手を組み合わせてゆっくりと口を開いた。

「谷脇先生からも電話をもらっているぞ。他にも懇意にしている財界の連中から口添えがあった。ずいぶんと入念に手回しをしたようだな。だが、なぜ今なんだ？　そして、なぜそこまで完全な独立にこだわる？」

すでに七十歳を超えているが、ビジネスの最前線に立ってきた彼からは今も強いエネルギーのようなものを感じる。老いはあっても目鼻立ちや眼力の鋭さは向き合う者を圧倒する力があり、それは基弘によく似ている。こうして見ると、幸弘は母親の血を強く引いているのか、隆弘や基弘よりもずっと印象が柔らかいことに気づかされる。

それは必ずしも悪いことではない。強烈なカリスマ性と統率力もトップの条件なら、そばにいる者の心を自然に開かせるような雰囲気を持っていることも大きな強みになるだろう。

「シロテックの経営が軌道に乗った今がいい機会というだけのことで、時期的には大きな意味はありません。また完全な独立についても、城山商事にとってのデメリットばかりではないでしょう」

「だが、大きなメリットもないな」

さすがに親子とはいえビジネスに関しては手厳しい。確かに、シロテックは営業成績の悪い子会社ではない。城山商事が切り離す意味はなく、本社のほうでもシロテックにかけた経費以上のものを回収できているのだ。むしろ優良な子会社としてこのまま抱えているほうが利益があることは間違いない。

「デメリットがないことがこちらのできる精一杯のオファーです」

暁生がいるとはいえここは家族だけの場なので、基弘は正直に己の立場の弱さを口にして苦笑を漏らす。そんな態度が幸弘にはかえって大胆不敵に見えるのか、困惑したように胸の前で腕を組み難しい表情になっていた。そんな基弘に対して、城山隆弘は一人の父親の顔になって言う。

「わかってくれていると思うが、わたしはできるだけのことはしてきたつもりだ。長男の幸弘と同等というわけにはいかないが、舞やおまえにできるだけ苦労はさせないよう配慮はしてきた」

「もちろんです。愛人の子どもだからといって、特に不自由を感じることもなかった。城山商事時代もよく勉強させてもらったし、独立も認めてもらった。本当に言葉では言いつくせないほど感謝しています」

それは間違いなく基弘の本音だ。シロテックを立ち上げるときも充分な援助をしてもらった。もちろん、事業として採算が合うからのことだとしても、誰もが潤沢な資金援助を受けて独立できるわけではない。

また、基弘の母親である岸根舞についても、今でもきちんと生活の面倒をみているし、時間を見つけては彼女を訪ねていることも知っている。二人の女性を愛したことに倫理観を問う者もいるだろうが、城山隆弘はどちらの家庭にも自分なりの誠意をきちんと示している。

「なのに、それ以上を望むのはどうしてだ？　今のままでは満足できないということか？」

「それについてはわたしも聞きたい」

そこで幸弘が初めて口を挟んだ。

「もしかして、わたしの代になってシロテックを冷遇するとか、切り捨てるという心配をしているならそれは考えなくてもいい。世間や周囲から何を言われたとしても、わたしが城山商事を引き継いだあともシロテックとは円滑な関係を維持していくよう考えている」

独立の際に基弘と暁生もその点については考えたが、さほど懸念するものではなかった。シロテックが充分な業績を上げているかぎり、城山商事が切り捨てることはないだろう。

それどころか、たとえ父親が引退したとしても異母弟の経営する子会社を、経営不振で簡単に切り捨てるほうが企業としてのイメージに差し障る。他の子会社を整理することはあっても、シロテックは父親の意向もあって最後まで残すというのが城山商事の方針として組込まれているはずだ。なので、基弘はその件については心配していないし、今回の案件に大きな影響を与えたものではないと説明した。

「城山部長は……、いえ、あえて異母兄《にい》さんと呼ばせてもらえるなら、あなたには常日頃から一目置いているんです。上っ面のお世辞ではなく、これは本音です。父のように豪腕というわけではないが、温厚で人望が厚く、全体を見渡す力と状況を冷静に判断する力がある。大企業のトップに立つには相応しい人物だ。城山の家で、跡継ぎとして正しい教育を受けてきた人間の強さを感じています。ただ、わたしはそうではない」

「それはどういうことだ？　出生のこと以外に何か城山の家に思うことでもあるのか？」

けっして詰問口調ではなく、落ち着いた声で素直な疑問として幸弘がたずねる。暁生は黙って家族の会話に耳を傾けながら、何もかも知っていると思っていた基弘の心のさらに深い部分がゆっくりと紐解《ひもと》かれていくのを見つめていた。

「城山の家ではなく、これは自分自身の問題であり、自分のアイデンティティにかかわる問題です」

「アイデンティティ？　シロテックを独立させ、おまえはもう充分社会的にも認められているだろう」

父親の言葉に基弘は小さく首を横に振った。

「わたしはまだ飛び立っていない飛行機のようなものだと思っています。一人でちゃんと飛び立たなければ駄目なんです。そうしないと、自分で自分を認めることができない」

要するに、城山商事の傘の下にいつまでもいることは、基弘にとっては自分のアイデンティティにかかわる問題なのだ。シロテックを創立しただけでは足りない。城山商事からの完全な独立を果たさなければ、基弘が一人の人間として勝ち得るものがすべて父親の力を借りていることになる。

幸弘はそれでいい。それを背負う宿命で生まれてきたから。けれど、基弘は違う。彼は城山から一度完全なる解放を得て、そして自らの力で上に行きたいのだ。

飛行機も燃料も城山によって用意され整えられた状態で、今はまだ滑走路を走っているだけだ。もちろん、それらを当然の権利として利用してきたのは事実だけれど、最終的には自分の力で空に向かって飛び立っていかなければならない。そうしなければ、基弘は真の達成感を得ることはできないし、彼自身が言うように自分で自分を認めることができないのだ。

二代目として生まれた父親や三代目を継ぐ予定の幸弘には理解できない感覚なのだろう。だが、暁生にはそういう基弘のジレンマがよくわかる。自分の中の不確かなものを明確にするために、彼は自分の望む場所へとひたすら登りつめようとあがき続けている。それはまさに暁生が自分の居場所を探してあがいていたのと同じなのだ。

「わたしの伝えたいことは以上です。あとは弁護士と関係者を交えて話を続けましょうか」

自分の言葉で説得できないなら、あとは弁護士を交えてとことんビジネスライクに話をするしかない。この日のために佐賀には充分に働いてきてもらった。準備は万端だ。

力がある男だと認めたから、暁生は彼のために働こうと決めた。自分が信じてついていこうと思った男はやっぱり誰よりも強い。人生においてけっして安直な選択はしない男なのだ。

だが、弁護士と城山商事の取締役が会議室に呼び戻されてから、約三十分で交渉は決着を見た。佐賀の言っていたとおり、諸々の意見が出たものの最終的な決定権は城山隆弘にある。彼の一声で決断は下された。

もともと幸弘には城山商事本社を継がせ、基弘には関連会社を継がせる予定で、ゆくゆくは経営権の移譲を考えていた。ただ、思いがけず基弘が自ら独立を働きかけ、さらには経営権譲渡を持ちかけてかけてきたことが城山隆弘にしてみれば想定外だったということだ。

そして、他の取締役の手前もあり、できれば自らが主導で基弘を独立させたかったのだと思う。なので、独立も経営権譲渡も、基弘が率先して主導権を握る形で進めてしまったことに経営トップとしてはいささか面子《メンツ》を潰《つぶ》された感が否めないのだろう。だが、同時に父親としては、そんなもう一人の息子を頼もしく思っているに違いない。

経営権移譲にあたり、いくつかの条件に関しても弁護士を交えた話により大筋の合意に達した。これについては佐賀の力は大きかったが、城山商事側の譲歩もあった。

シロテックは経営権を完全に城山商事より譲り受け、今後は独自で運営していくこととなる。あとは自分たちで企業を大きくさせていくしかない。城山商事の後ろ盾が外れてからが本当の勝負なのだ。

交渉を終えて、基弘は城山商事の関係者と握手をし、最後に自分の援護としてよく働いてくれた佐賀ともしっかり握手を交わしていた。

それから、会議室には今度こそ城山家の人間だけを残し、暁生も含めて他の者は先に部屋を出る。親子と異母兄弟の会話があるだろうと、全員が自然と気を利かせた形だ。そして、暁生は一緒に部屋を出た佐賀にあらためて礼を言う。

「佐賀さん、ありがとうございました」

「仕事ですから。それに、充分な報酬をもらっているので、交渉がまとまって胸を撫で下ろしていますよ」

「このあともしばらく法的な手続きでお世話になると思いますが、今後ともよろしくお願いします。それから……」

佐賀が以前とまったく変わらない笑みとともに、少し言葉を止めた暁生を見つめている。

「あの、どうしてわたしたちが年末に別れていたことを城山に話さなかったんですか?」

「ああ、そのことか。だって、君が話していると思ったからね」

それは嘘だとすぐにわかる。暁生から破局を話していたら、基弘が佐賀になんらかの形で確認するだろう。基弘からその言葉が出ないということは、暁生が何も話していないと彼は察したのだと思う。もともとカンのいい人だから、シロテックを訪問したときの二人の態度を見ていてもそれは気づいていたはずだ。

それで、わざと暁生との関係が続いているかのようなふりをしていたのだろう。だからこそ、基弘は暁生の言葉を聞いて本気で驚き、デスクを拳で打ったのだ。暁生がわざと勘ぐるような視線を向けてやると、佐賀がちょっと悪戯っぽい笑みとともに肩を竦めてみせる。

「一度は手に入れたと思った君を、結局は社長に持っていかれたんだ。少しくらい嫌がらせをして溜飲《りゅういん》を下げても悪人とは呼ばれないだろう? 事情を知らない彼に、憎い恋敵を見るような目を向けられたときはちょっといい気味だったな」

確かに、聞かれなかったから言わなかっただけでは、悪人とは言えない。でも、やっぱりしたたかな人だ。そして、そんな彼だからこそ魅力的なのだと思う。

「それで、社長とはもうちゃんと話したの？」

暁生は小さく首を横に振ってみせた。忙しさに追われていたのは佐賀も知っているので、それも仕方がないかと苦笑を漏らす。

「経営権譲渡もうまくまとまったことだし、そろそろ君たちも決着をつければいい」

「そのつもりです。それに、今度は逃げないし、逃がすつもりもありません。なにしろ、彼はわたしの……」

暁生が自信を持って答えようとしたとき、基弘が会議室から出てきた。自分にとってのたった一人の男は見惚《みと》れるほどに美しかった。

◆◆

その日、佐賀とは城山商事の前で別れ、基弘と暁生はタクシーで夕刻前にオフィスに戻ってきた。決算期のオフィスはいつものことだが殺気立った様子で、アナリストたちはパソコンのモニターを睨みながら、電話を片手にクライアントに連絡を入れてはメールを打っている。

「宇部工機《うべこうき》はストップだ。ここまでのマイナス成長は想定外だな」

「タカハマ・エンジニアリングは買いでいいですよね？　今のうちにプッシュかけておきます」

「今村《いまむら》ハーベストは？　アルファ値、もう一度確認してみて」

この時刻からはロンドンのマーケットの情報とデータが入ってきて、彼らの一日はまだ終わらない。情報を確認し合う声が飛んでいる中、基弘と暁生もそれぞれの仕事をこなして気がつけばいつの間にか十時を過ぎていた。いくら激務が続く時期とはいえ、一人一人と帰宅して十一時になるとオフィスからはすっかり人がいなくなっていた。

今日は朝から城山商事との交渉に出かけていたこともあり、社内でのデスクワークができなかった暁生だったが、ようやく今日中に終えるべきことを終えた。そして、デスクで座ったまま少し背筋を伸ばして隣の基弘の様子を見れば、ガラスのパーテーションの向こうでじっとパソコンのモニターを見つめていた。

やがて、モニターから目を話すと、椅子《いす》の背もたれに体をあずけ天井を向いて眉間《みけん》のあたりを指でつまんでいる。そろそろ集中力も限界なのだろう。今日は精神的にも忙しい日だった。

暁生は給湯室へ行くと、少し考えてから奥の冷蔵庫の中からシャンパンのボトルを取り出してくる。去年の忘年会の日に大量に買い込んでいたものの残りだ。そして、棚からシャンパングラスを二つ取り出し、ボトルと一緒に基弘の部屋へと持っていく。

ガラス扉は開け放してあるが一応ノックをして中へと入ると、まだ天井を見上げ目を閉じていた基弘がこちらを見て微かに笑う。

「シャンパンか。気が利くじゃないか」

「忘年会の残り物です。でも、今日はシロテックにとっては記念すべき日ですから」

そう言うと、暁生はグラスをデスクに並べてシャンパンのボトルを開ける。ポンと小気味いい音がして泡立つ液体をそそぐと、手にしたグラスをカチンと合わせて一口飲んだ。そして、基弘が懐かしそうに言う。

「そういえば、このオフィスに初めて出勤した日も二人でシャンパンを開けたよな」

あれはシロテック創業の前日のこと。引越しを終えたオフィスの下見にやってきて、新しい出発を二人きりで祝った。

「あの日からあなたは社長でボスになり、わたしは秘書になった」

二人がそれまでの関係にはっきりとけじめをつけた瞬間でもあった。

「でも、おまえは石川暁生だよ。それは昔も今も変わらない」

その言葉の意味を聞きたい。変わらないから基弘にとって自分はなんなのだろう。けれど、それよりも知りたいことがあった。城山商事から戻ってくるタクシーの中で何度も聞こうとして、うまくタイミングをつかめないままになっていたこと。

「あの、どうしてわたしも会議室に残したんですか？」

　本来なら城山家の人間だけで話すべき場所だった。実際、暁生は彼らの会話の傍観者であり、何一つ言葉を挟むことはなかった。それでも、自分はあの場所にいるべきだったのだろうか。

「あのとき言ったとおりだ。おまえがいなければ今のシロテックはないし、これからのシロテックもない。事実だろう？」

「それだけじゃないでしょう。わたしはいつあなたのプライベートなパートナーになったんです？」

　あのとき、基弘の父親と異母兄はその意味をいまいち理解できないでいるようだった。それも当然で、基弘の女性関係は耳に入っているだろうから、まさか秘書の暁生とそんな関係だとは想像もできなかったのだろう。

　暁生の質問に基弘は少し言葉につまって、もう一口シャンパンを飲んでから視線を逸《そ》らした。こういう基弘の態度は珍しい。というのも、こういう視線の逸らし方は、彼が照れているとき特有のものなのだ。暁生も滅多に見ることができない表情で、前に見たのは彼の母親に会いにいって子どもの頃の話をされたときだったはず。

「あれは……」

「あれは?」

言いにくそうにしているのを見ると問い詰めたくなる。すると、基弘が少し声のトーンを落として言う。

「あれは俺の願望だ。そうなってほしいという気持ちが先走って、言葉になってしまった」

暁生は手にしていたグラスをデスクに置くと、基弘のそばに歩み寄る。彼の肩にそっと手を置いて、その手をゆっくりと胸元まで下ろしていく。

「本当に? わたしがプライベートでもパートナーであればいいと思っているんですか?」

「ああ、思っている」

胸に押し当てた手を握り基弘が言う。

「一度は終わりにした関係なのに? 女性も抱けるくせに?」

普段は何にも動じない男が少し気弱な姿を見せると、急にこちらから強く押してみたくなった。探りながらもどこかからかうような口調に、基弘は拗ねた子どものように唇を歪《ゆが》める。こういう表情も滅多に見ることがない。人前ではまずしない。暁生の前だから曝《さら》け出されている彼自身だ。

「正直に言おう。三年前は自信がなかったんだ。おまえを引き抜いてシロテックを独立させたけれど、どこまでやれるか自分でも読みきれなかった。城山商事という後ろ盾があっても、この業界は厳しい。万一のとき、俺と一緒におまえまで潰されるのは本意じゃなかった」

その言葉に、暁生は目から鱗《うろこ》が落ちるというか、頬《ほお》を平手で叩かれたような感覚だった。

「もしかして、それが関係を終わらせた本当の理由？」

「プライベートでも関係があれば、おまえは俺を切るに切れなくなるだろう。キャリアの面なら、おまえの実力があればどこででもやり直せるからな。情なんかで俺に縛られる必要はない」

基弘がそんなふうに考えて、暁生から距離を置こうとしていたとは思わなかった。ただ単純に新しい事業に向けて公私混同を避けるべきで、覚悟の意味もあって身の回りを整理する気なのだと思っていた。

けれど、それも仕方がなかったと思う。あの頃、二人の間に確かな言葉はなかったから。むしろ言葉にするのは野暮だと思っていた。そして、シロテックという新しい共通の目標ができて、別の絆で結ばれることで自分を納得させていた。

「けれど、俺は暁生しか駄目だ。おまえしかいない。公私ともにおまえだけでいい……」

基弘はそう言うと、暁生の頬に手を伸ばしてくる。撫でられるだけで体が震える。そして、せつない吐息とともに耳元で囁かれる。

「三年前とは違う。今度こそ引き返すことができないし、沈むときは道連れにしてしまうかもしれない。それでも一緒にいてほしいと思っている。他の誰かのものにならないでほしい。その代わり、俺から望むものがあればなんでも奪っていってていいから」

「なんでも？」

「ああ、なんでも。おまえは何がほしい？　何が望みだ？」

基弘が切実な目で暁生を見つめてたずねる。ほしいものは決まっている。暁生の望みも彼と知り合ったときから何も変わらない。ほしいのは彼自身で彼のすべてだ。そして、望みは彼のそばで支え続けること。だから、にっこりと微笑むと頬に当てられた彼の手に自分の手を重ねて言った。

「もういい。もうほしいものは手に入れました。だから、これ以上は何もいらない。あなただけでいい……」

ずっと心を覆っていた氷が溶けていくようだった。誰よりもそばにいたはずなのに、背中を向け合っていて彼の温もりを忘れかけていた。けれど、もう何も怖がることはない。二人の思いは同じなのだから、この体に触れていい。心をあずけることも許される。

喜びが体の奥から込み上げてきて、ずっと恋しかった口づけを求めるよりも早く彼の唇が暁生の唇に重なったと思った瞬間だった。二人の視線の端に人影が過ぎる。従業員はすでに帰宅してオフィスには二人だけだと思っていたが、まだ誰か残っていたのだろうか。

ハッとして基弘と暁生が体を離してそちらを見たら、そこには杉原が立っていた。どうやらまだ仕事が終わらずに残っていたらしい。基弘と暁生の姿を見てヘラッといつもの脱力した笑みを浮かべてみせる。彼は二人のいろいろと複雑な仲を知っているので、見られたから

といってどうということもない。

だが、問題は杉原のほうだ。なぜか彼は一人ではなく見知らぬ少年と一緒にいる。紙袋を片手にした少年の肩に手を回して自分のデスクに向かおうとしているのを見れば、呼び止めないわけにはいかない。

「おい、杉原、その少年は……」

「杉原さん、まさか誰もいなくなったオフィスで……」

基弘と暁生の考えたことは同じ。自分たちも深夜のオフィスで唇を重ね合おうとしていたところなのであまり偉そうなことは言えないが、彼が連れている少年の素性次第では大いに問題だ。

ところが、二人に詰め寄られて慌てる杉原を差し置いて、少年が礼儀正しくペコリと頭を下げて言う。

「愁がいつもお世話になっています。こんな時間にオフィスにお邪魔してごめんなさい。彼が残業だというので差し入れを持ってきただけで、すぐに失礼しますから」

そんな少年を見ながら暁生は杉原との会話を思い出していた。

「あの、もしかして、彼が以前に話していた恋人？」

杉原は照れたように頭をかいて笑っている。

「ここのところ毎晩遅いから、心配して夜食を持ってくるって言うんで……」

それは心温まる話だが、まだ問題はある。

「ちょっと待て。彼は未成年じゃないのか？　それはさすがに……」

基弘もその少年と杉原の顔を見比べて言いかけたが、杉原が慌てて何か言おうとする前にまたしても少年が自分のジーンズのポケットから財布を取り出し、中から引っ張り出した学生証を差し出す。それを受け取って確認すると、彼は都内の私立大学の三年で生年月日を見ればすでに二十歳を超えている。体型が華奢《きゃしゃ》で驚くほど童顔だが、ちゃんとした成人だったので基弘と暁生は思わず胸を撫で下ろした。

「まいったなぁ。いつも誤解されるんだよな」

杉原が自分の恋人のことをあまり語りたがらない理由は、そういう誤解をあちらこちらで受けていて説明が面倒だからなのだろう。

「それより、二人してなんでシャンパンなんか飲んでるのかな？　どちらかの誕生日とか？もしかしてよりを戻したとか？」

かねてより二人の関係に興味津々だった杉原がニヤニヤと笑いながらたずねてくる。抱き合っていたところを見られただけにいい訳はしにくい。暁生が適当な言葉でお茶を濁そうとしたら、基弘に二の腕を引かれる。そして、彼は杉原に向かって不敵な笑みを浮かべたかと思うと、自分の人差し指と親指を摘み合わせて唇の前で横に引く。いつかと同じように、口を閉じていろよという意味だ。

すると、杉原もまたあの日と同じようにヘラっと脱力した笑みとともに片手を上げ、恋人の肩を抱いてデスクへ戻っていく。二人を見送って、基弘が暁生の二の腕を引いたまま言った。

「帰るぞ。パーティーの続きは俺の部屋でやろう」

それは悪くないアイデアだった。

「やっぱりこの肌がいい。手のひらに吸いつくようだ」

裸でうつ伏せる暁生の体を撫でて、肩から背中へと手を滑らせていく。その手の感触の懐かしさに暁生の体が微かに震える。

「んんっ、あっ、基弘さん……」

彼の名前を口にするほどに、自分がどれほどこの手の温もりに飢えていたのかと思い知らされる。ずっとそばにいながら、恋心を押し殺す苦しさは想像していた以上のものだった。

背骨に沿って唇を押し当てられると、ゾクゾクと甘い震えが起きて下半身には疼きが込み上げてくる。基弘の愛撫の一つ一つが懐かしくて、もっとほしいとねだる気持ちを抑えることができない。

暁生は体を返して両手を伸ばすと、基弘の首筋に回して彼を引き寄せる。覆い被さる男の重みに甘い吐息が漏れる。下半身では熱いものが擦れ合って、自分たちの高ぶりを相手に伝えながらこれまでの短くもない時間を思い出していた。

同じ部署になり知り合ってから、ごく自然に引き寄せられて互いを求め合った。体を何度も重ねて、互いの深いところまで貪り合った。どんなに淫らに溺れても、ベッドを下りればともにビジネスの顔に戻れる。そんなふうにきれいに一線を引ける自分たちがいいと思っていた。

恋愛の深いところへ入り込んでしまったら、醜いところを曝け出してしまうかもしれない。そんな真似をして基弘に軽蔑《けいべつ》されるのはいやだし、感情に振り回されて精神的に崩れる自分も許せない。今思えば馬鹿げた自尊心だったと思う。

暁生だけではない。基弘もまた似たような思いはあっただろうし、城山の人間として背負っているものの重みに負けるまいと孤独な闘いをしてきたはずだ。

けれど、感情を押し殺しながら好きな人のそばにいるくらい虚《むな》しいことはない。欲張ったりわがままを言う子はご褒美がもらえない。だから、いい子にしてなければいけないという思い込みに縛られ続けて、愚かな大人になってしまうところだった。ほしいものは片手ではなく、両手でつかんでもいいということにこの歳になってようやく気がついた。

「基弘さん、もっと触って。あなたの手でどこも全部触ってほしい」

「おまえのいいところは全部覚えている。全部触って、全部嘗め尽くしてやるよ」

そう言って、基弘は本当に暁生の体を激しく撫で回し、唇を寄せて場所によっては甘嚙みをする。少し痛いくらいの愛撫がいい。小さく声が漏れてしまうくらいの強さと強引さが好きなのだ。基弘はちゃんとそのことも覚えていて、暁生をいい具合に啼かせる。

「ああ……っ、いいっ、そこっ、そこも……っ」

「相変わらず、痛いのが好きか？　佐賀にも嚙ませてやったのか？」

憎らしい質問には口元を歪めるだけの笑みで答えてやった。基弘に抱かれてきた奈々子に本当は嫉妬してきた暁生だから、少しは基弘にも同じ思いを味わってもらいたい。けれど、愛している男に対してとことん意地悪くなるのは難しい。

「悔しいけれど、ベッドの中でわたしをとことん淫らにできるのはあなただけですよ」

暁生の言葉に、基弘は不敵な笑みを浮かべてみせる。彼のこういう笑みには昔からとことん弱い。もう好きにすればいいと彼のやることすべてを許してしまいたくなるのだ。その結果、自分が尻拭《しりぬぐ》いをする羽目になってもいいと思ってしまうくらい。そして、基弘はそんな暁生の気持ちを知っていて言うのだ。

「やっぱり、おまえは俺のものだ。誰にも渡せない」

暁生だって同じ思いだ。基弘を他の女性になんか渡したくない。どんな女性よりも彼を満たしてやれるのは自分だ。甘い蜜に浸してそこから抜け出せないようにして、彼という男を喰《く》らい尽くしてやりたい。

「うっ、んん……っ、くぅ……ぅ」

基弘の手が暁生の股間を握り、その刺激で腰が跳ね上がる。誰の手とも違う。好きな男の手にはこんなにも感じてしまう。佐賀と比べてはいけないと思うけれど、彼に抱かれていたときの自分はどこか冷静で、きれいなセックスをしようとしているところがあった。

基弘とはそんなことはどうでもよくなってしまう。とにかく体を重ねていると夢中になれる。よけいなことなど何も考えず、頭を空っぽにしてどっぷりと愛欲に溺れてしまうのだ。

「あっ、いいっ、基弘さ……んっ」

暁生自身に基弘の唇と舌が刺激を与えはじめると、快感とともに先走りが先端からみるみる溢れ出すのが自分でもわかる。同時に後ろの窄《すぼ》まりもいきなり二本の指で解《ほぐ》されて、ちょっと気を緩めればそのまま果ててしまいそうになる。

「すごいな。三年間、誰にも抱かれていなかったみたいに感じやすいじゃないか」

「意地の悪いこと言わないで……」

基弘と別れてから最初の二年はほとんど遊んでいない。でも、この数ヶ月は佐賀に抱かれていたことを知っていてそんなことを言われたら、悔しいような恥ずかしいような気持ちになって彼の二の腕に爪《つめ》を立ててしまう。

そうしているうちに自分の股間がこれ以上ないほど熱くなって、飢えていた体はあまり長くこらえていられそうになかった。でも、その前に暁生も基弘自身がほしかった。触れて大きさや硬さを確かめて、受け入れる前の期待に胸が高ぶるのも楽しみたいのだ。

「あなたのを味わわせて……」

「そういえば、口でやるのも好きだったよな」

「あなたのはね」

うっとりとした目で基弘を見上げて言ってやる。当たり前だ。誰のものでもいいわけじゃない。基弘のものだから、存分に味わい尽くしたいと思うのだ。そして、この膨張したものが自分の体の中をかき乱すことを想像するだけで、暁生の体の奥から欲望がふつふつと湧《わ》き上がってくる。

基弘自身を口に銜えればすでに充分な大きさになっているものが、暁生の舌の刺激でさらに硬さを増すのがわかる。口腔《こうこう》に含めばその感触の懐かしさとともに、言葉にならない愛しさに心が震える。

「ああ……っ、いい。そのいやらしい口も最高だ」

セックスのときの少し下世話な褒め言葉もまた暁生を高ぶらせる。やがて基弘の大きな手が暁生の髪をやんわりとつかみ、彼の股間から顔を引き離してしまう。

「もっと楽しみたいところだが、今夜はすぐにでもおまえの中に入りたくて仕方がないんだ」

焦っている自分がわかっているのか、基弘が苦笑交じりに言った。もちろん、そんな彼に呆れる余裕など暁生にもなかった。

「ええ、わたしもほしい。もう我慢できそうにない……」

互いが互いに飢えていて、まるで二十代の頃のように気持ちが焦っている。暁生は基弘を迎え入れるために体をシーツにうつ伏せて、足を軽く開いてわずかに腰を持ち上げる。それは二人が好むやり方だ。向き合って足を大きく割って開かれるより、背後から深く突いてもらうのがいい。そして、背中から覆い被さった基弘の唇でうなじや肩を噛んでもらえれば、小さな痙攣《けいれん》とともに彼自身を締め上げてやれるから。

「きて、うんと奥まで……」

上半身を捻って片手を自分の双丘に持っていき、片方の肉を自らつかんでそこを開いてみせる。誘う姿に基弘が舌で自分の唇を嘗めると、不敵な笑みとともに勃起した自分自身の先端を押しつけてくる。

「うく……っ」

埋め込まれていく圧迫感が、基弘の存在を取り返したことを暁生に教えてくれる。これほどにいとおしい痛みがこの世にあるだろうか。潤滑剤の濡れた音とともにゆっくりと奥へと進んでいく基弘自身を、暁生はこのまま喰い千切ってやりたい気持ちになった。

(ああ、いっそ彼自身をずっと自分の体の中に入れておきたいくらい。だって、この人は自分にとってたった一人の男だもの……)

そんな猟奇的な思いに駆られているとは知らず、基弘は暁生の背中に口づけてから耳元で囁く。

「暁生、ずっとそばにいてくれ。ずっとこうしていたいんだ。おまえは俺にとってただ一人の男だから……」

「え……っ」

それは自分が基弘に対してたった今思っていたことだが、まさか彼の口から同じ言葉を聞かされるとは思っていなかった。そこに猟奇的な感情はなかったが、振り返って見た彼の表情はこれまでにないほど優しく柔らかだった。思わず驚いて息を呑んだ瞬間、基弘自身に一番深いところを突かれて掠《かす》れた悲鳴を上げながら背中を仰《の》け反《ぞ》らせた。

「ひぃぁ……っ。あぅ、うう……っ」

暁生の声を聞いても怯《ひる》むことはなく今度は深いところから引き抜き、基弘がゆっくりと抜き差しを繰り返す。奥の奥まで入ってきたときも抜き差しの感覚も、すぐに暁生の体は思い出して反応する。たまらなくよくて、やっぱりこれ以上の快感は誰と抱き合っても得ることはできやしないと実感していた。

背中に唇が押しつけられ歯を立てられて、肩や首筋にいくつもの痕《あと》が残されていく。前に回した手が乳首を摘まんでいたかと思うと、股間に落ちていきまた暁生自身を刺激する。中と外から快感が怒濤《どとう》のように暁生を突き上げてきて、たまらず顔だけで振り返れば唇に唇が

重なる。

一つに溶けてしまいそうな感覚が最高にいい。抜き差しの早さに置いていかれないようにと、懸命に呼吸を止めないようにしてついていく。やがて苦しさと快感のはざまで、身悶《みもだ》えていた体が独特の浮遊感に包まれる。その瞬間、暁生の股間が基弘の手の中で精液を吐き出し、基弘は暁生の体の中で自分自身を解放した。

大きく長い吐息はどちらの口から漏れたものだろう。どちらのものであっても、満たされた思いは同じ。ただひたすら淫らに燃えた果てにある気だるさの中で、やがて呼吸が整ってからも二人はまだ体を重ねたまま取り戻したばかりの愛の余韻を味わっていた。

まだ週半ばで、おまけに決算月の三月は終わっていない。併せて経営権移譲の件での事務的な作業も本格的に始まることになっていて、明日も恐ろしく忙しいことはわかっている。こんな時間までセックスをして、早く眠らなければと思いながらも興奮が二人を眠らせないのだ。

「これからだ。何もかも……」

基弘が暁生を胸元に抱き寄せたまま呟いた。静かな声だが、熱い思いが感じられる。

「ええ、これからですね」

二人とも三年前とは違う感慨と緊張を胸に抱いている。今度こそ引き返すことのできない場所へと向かう飛行機に乗り込んで、新たな覚悟とともに地上から飛び立ったのだ。けれど、基弘が一緒だから不安はない。運命の男といる心強さは暁生自身も奮い立たせてくれる。

基弘の母親の言っていたように、夢ばかり見ていたら人生は早い。そして、離れていた三年の間に味わった損失感はもう二度とごめんだった。だから、後悔しないように好きな人のそばで現実を生きていこうと思う。基弘の進む道を並んで歩いていくことで、暁生は自分自身を見出《みいだ》す。暁生の存在をそばに感じて、基弘は自分の道を誰よりも力強く進んでいく。自分たちは互いにとってたった一人の男を見つけたのだから、迷うことはない。

（僕ってなんだろう……？）

少年の頃から胸の中で繰り返されてきた問いに、今の暁生はようやく明確な答えをみつけたような気がしていた。自分は自分だ。自分は誰かを愛し、その誰かに愛されるたった一人の男なのだと……。

あとがき

仕事の合間の息抜きはウォーキング。少しずつ走る距離も増やしていますが、やっぱり歩いて景色を眺めているほうが好きかもしれません。そして、近頃は新たにお気に入りのウォーキングコースを見つけてしまいましたよ。

近くの神社の裏庭なんですが、ちょっとした森でマイナスイオンたっぷりというエリアです。暗くなるとさすがに怖いので、木漏れ日が降りそそぐ昼下がりにせっせと歩いています。さらに嬉しいのはそこが野鳥の楽園で、可愛い小鳥たちに出会える場所でもあるということ。そうやって地味に歩きながら、脳内ではスタイリッシュな男やワイルドな男が切磋琢磨している物語を考えているわけです。妄想は子どもの頃からの最高の遊びで、大人になっても変わっていません。多分これからも変わらないと思います。

さて、そんな妄想の一つが形になった今回のお話ですが、少しばかり実験的に時系列を前後させてみて最終章に持っていくというスタイルです。彼らの心の変遷がうまく伝わっていればいいのですか、いかがでしたでしょうか。

互いにとって「たった一人の男」に出会えた彼らはそれだけで充分に幸運なのですから、少しくらいは紆余曲折して胸を痛めてもらってから、あらためて本当の幸せを実感してもらえればいいと思っています。

挿絵は金ひかる先生に描いていただきました。お忙しいスケジュールの中、ありがとうございました。イメージ通りの素敵な挿絵で、読者の皆様には仕事と恋愛に揺れ動く男たちを楽しんでいただけたことと思います。

さて、この本が書店に並ぶ頃にはすっかり春めいている頃でしょう。初夏から夏にかけては毎年国内外の旅行続きになるので、今のうちに気合を入れて仕事をしておかなければなりません。朝起きたら即パソコンに向かう日々ですが、ワード画面の後ろで旅先のレストランを探したりするのが小さな息抜き。そして、眠くなったらウォーキングです。

出かけられない雨の日はケーブルテレビのビデオでショートエアロビ、筋トレですよ。始めた頃は翌日の筋肉痛にヒィヒィ言っていましたが、近頃は慣れてきて少しずつハードなプログラムに移行中。旅先でズンズン歩けるように、しっかり体力をつけておかないとね。それに、パソコンに向かって集中するのもけっこう体力が必要だと気づいた今日この頃です。

心身ともに充実させて取りかかっている次作で、またお会いできますように。それまで、皆さまもどうかお元気で。

二〇一六年　二月

水原とほる

✦初出　たった一人の男……………書き下ろし

水原とほる先生、金ひかる先生へのお便り、本作品に関するご意見、ご感想などは
〒151-0051 東京都渋谷区千駄ヶ谷 4-9-7
幻冬舎コミックス　ルチル文庫「たった一人の男」係まで。

RB 幻冬舎ルチル文庫

たった一人の男

2016年3月20日　　第1刷発行

✦著者	水原とほる　みずはら とほる
✦発行人	石原正康
✦発行元	株式会社 幻冬舎コミックス 〒151-0051 東京都渋谷区千駄ヶ谷 4-9-7 電話 03(5411)6431［編集］
✦発売元	株式会社 幻冬舎 〒151-0051 東京都渋谷区千駄ヶ谷 4-9-7 電話 03(5411)6222［営業］ 振替 00120-8-767643
✦印刷・製本所	中央精版印刷株式会社

✦検印廃止

ISBN978-4-344-83685-3　C0193　Printed in Japan